Karl Olsberg

Galactic Gamers · Mission: Asteroid

Bisher von Karl Olsberg im Loewe Verlag erschienen:

Boy in a White Room
Girl in a Strange Land
Boy in a Dead End

Galactic Gamers – Band 1: Der Quantenkristall
Galactic Gamers – Band 2: Mission: Asteroid

Karl Olsberg

GALACTIC GAMERS

MISSION: ASTEROID

Band 2

Mit Illustrationen von Kaja Reinki
und Ron Lipkowski

Loewe

FSC
www.fsc.org
MIX
Papier aus verantwortungsvollen Quellen
FSC® C014496

ISBN 978-3-7432-0642-7
1. Auflage 2020

Umschlag- und Innenillustrationen: Kaja Reinki und Ron Lipkowski
Umschlaggestaltung: Michael Dietrich
Redaktion: Sarah Braun
Printed in the EU

www.loewe-verlag.de

Inhalt

Wochenende

Es ist Freitagnachmittag. Wie immer, wenn er von der Schule nach Hause kommt und seine Mutter nicht da ist, wirft Felix seinen Schulranzen aufs Bett und schaltet die Spielkonsole ein. Mama hat heute Spätschicht im Krankenhaus, er hat also noch ein paar Stunden seine Ruhe. Wie gewohnt lässt er sich auf das große Sitzkissen vor dem Bildschirm fallen, greift nach dem Controller und wartet darauf, dass der Ladebalken verschwindet

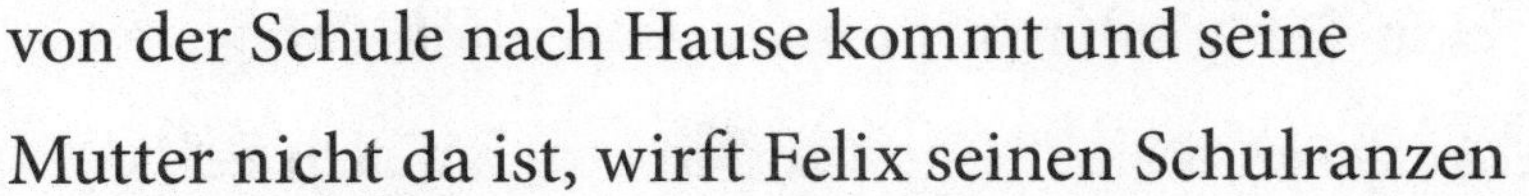

und sein Lieblingsspiel *Rebels of the Stars* startet.

Doch seltsam: Statt wie sonst Vorfreude auf die Abenteuer auf fernen Planeten zu empfinden, fühlt er eine seltsame innere Unruhe, fast schon Traurigkeit.

Es ist erst wenige Tage her, seit Bargel ihn mitten in der Nacht geweckt und ihn auf das größte Abenteuer seines Lebens mitgenommen hat. Nachdem Team Tentakelfaust ihm am folgenden Tag gegen den fiesen Mike beigestanden hat, hat sich Felix' Leben komplett verändert. Mike macht neuerdings einen Bogen um ihn. Überhaupt wirkt der Klassentyrann auf einmal viel zurückhaltender. Die anderen Schüler dagegen begegnen Felix mit Respekt. Zwar wissen sie nicht, was an jenem Vormittag beim Geräteschuppen neben der Turnhalle passiert ist – weder Mike noch seine Freunde wollen darüber reden und Felix erst recht nicht. Aber sie spüren, dass Felix Mike in seine Schranken gewiesen hat.

Es ist ein tolles Gefühl, nicht mehr der Schwächling zu sein, über den sich alle lustig machen. Und noch besser fühlt es sich an, wenn er mit Dilara zusammen ist. Fast alle Pausen haben sie in den letzten Tagen gemeinsam verbracht und über alles Mögliche gesprochen. Ein- oder zweimal war Felix drauf und dran, ihr von den *Galactic Games* zu erzählen. Doch er befürchtet, dass sie ihm nicht glauben oder, schlimmer noch, ihn auslachen würde.

Es war die beste Woche seines Lebens. Warum nur ist er jetzt so mies drauf?

Er starrt auf den Bildschirm. Die zerklüftete Oberfläche eines Eisplaneten ist zu sehen: Ein riesiger Planet mit mehreren Ringen füllt fast den gesamten Himmel aus. Nachdem er gestern die letzte

Mission abgeschlossen und die imperialen Truppen auf Acridus IV besiegt hat, muss er nun auf diesem abgelegenen Planeten einen Rebellen aus einem Gefängnis des Imperiums befreien. Das Zielgebäude ist eine riesige weiße Kuppel, die sich wie ein gigantischer Schneeball am Horizont erhebt.

Aber statt darauf zuzulaufen, steht Felix' Avatar bloß reglos da. In der Ferne ist das bedrohliche Brummen mehrerer imperialer Kampfdrohnen zu hören, die sich rasch nähern. Egal. Felix hat einfach keine Lust zu spielen.

Frustriert wirft er den Controller beiseite und schaltet die Konsole aus. So etwas ist ihm noch nie passiert. Was ist nur los mit ihm?

Er sitzt einfach nur da und starrt gedankenverloren auf den schwarzen Bildschirm. Dann blickt er sich in seinem Zimmer um und auf einmal weiß er, was mit ihm nicht stimmt: Er ist einsam!

Felix vermisst die Schule. Er vermisst Dilara. Am meisten aber vermisst er Bargel, Thorax und Lysia.

Früher war er immer erleichtert, wenn es endlich Freitagnachmittag war und das Wochenende begann. Dann hatte er bis zum Montag Ruhe vor seinen Mitschülern, vor allem vor dem fiesen Mike. Wenn Mama samstags oder sonntags arbeiten musste, konnte er stundenlang an der Konsole spielen.

Doch jetzt kann er es kaum erwarten, dass wieder Montag ist. Und noch mehr sehnt er sich danach, dass plötzlich ein leuchtender Spalt in seinem Zimmer erscheint und Bargel seine Tentakel hindurchstreckt, um ihn zu einer neuen Runde der *Galactic Games* abzuholen.

Er kramt das goldene Stirnband, mit dem er mit seinen Alien-Freunden sprechen kann, aus dem Schulranzen und betrachtet es. In den letzten Tagen hat er häufig daran gedacht, es aufzusetzen und seine Teamkameraden herbeizurufen. Aber irgendetwas hat ihn davon abgehalten – ein Gefühl, das er nicht genau beschreiben kann. Wenn er jetzt darüber nachdenkt, erscheint es ihm nicht richtig, die anderen zu kontaktieren, wenn es keinen triftigen Grund dafür gibt. Vielleicht schlafen sie gerade oder machen irgendwelche Alien-Dinge, bei denen man sie besser nicht stören sollte. Außerdem hat Bargel ja versprochen, ihn zum nächsten Einsatz bei den *Galactic Games* zu holen. »Die nächste Spielrunde ist in acht Zyklen«, hat er beim Abschied gesagt. »Du bist jetzt fester Bestandteil von Team Tentakelfaust. Wir zählen auf dich!«

Wenn Felix bloß wüsste, wie lang ein Zyklus ist! So lang wie ein Tag? Eine Woche? Ein Monat? Oder gar ein Jahr? Wer weiß schon, wie das Zeitempfinden von Aliens ist? Vielleicht werden sie tausend Jahre alt und ein Jahr vergeht für sie megaschnell. Es ist eine

schreckliche Vorstellung, dass Felix womöglich so lange warten muss, bis er seine Freunde wiedersieht.

Wenigstens trifft er am Montag wieder Dilara in der Schule. Wenn er sich doch bloß getraut hätte, sich mit ihr für das Wochenende zu verabreden! Er war kurz davor, als sie sich vorhin nach der letzten Stunde voneinander verabschiedeten. Doch er hatte zu viel Angst davor, dass sie Nein sagen könnte.

Felix seufzt, legt das Stirnband zurück, kramt seine Schulhefte aus dem Ranzen und beginnt mit seinen Hausaufgaben. Normalerweise schiebt er das so weit wie möglich nach hinten, aber heute macht ihm ohnehin nichts Spaß und so geht wenigstens die Zeit ein bisschen schneller rum.

Als seine Mutter am Abend nach Hause kommt, hat er alle Aufgaben fertig und ist dabei, für die Englischarbeit nächste Woche zu lernen. Blöd, dass das goldene Stirnband nicht auch die verschiedenen Sprachen der Menschen übersetzen kann – dann würde er eine glatte Eins schreiben!

»Nanu, du spielst ja gar nicht«, sagt Mama zur Begrüßung. »Hast du Ärger in der Schule? Musst du etwa wieder die Hausaufgaben für diesen Fiesling erledigen?«

Felix grinst breit. »Nein. Mike macht mir keinen Ärger mehr.«

Mama runzelt die Stirn, als glaube sie ihm nicht ganz. »Schön. Übrigens, morgen kommt Tante Beate mit Ariana zu Besuch.«

Felix verzieht das Gesicht. Das hat ihm gerade noch gefehlt! Tante Beate ist Mamas Schwester und eigentlich ganz nett, aber ihre achtjährige Tochter ist ungefähr so liebenswert wie ein *Minecraft*-Zombie. Als die beiden das letzte Mal zu Besuch waren, hat sie die Seiten in einem von Felix' Lieblings-Mangas bunt ausgemalt, weil sie dachte, es wäre ein Malbuch.

Ständig spielte sie irgendein albernes Game mit Einhörnern auf seiner Konsole und kriegte selbst die einfachsten Aufgaben nicht hin. Einmal hielt er es nicht mehr aus und riss ihr den Controller aus der Hand, um ihr Einhorn über ein Hindernis zu steuern, an dem sie bereits zehnmal gescheitert war. Statt ihm dankbar zu sein, machte sie einen Riesenaufstand und er bekam drei Tage Spielverbot.

Felix überlegt, ob dies als Notfall durchgeht und es rechtfertigt, Bargel und die anderen um Hilfe zu bitten. Wenn sie ihn durch ein Quantenportal mitnehmen würden, müsste er das Wochenende nicht mit der blöden Ariana verbringen. Doch dann fällt ihm wieder ein, dass auf der Erde gar keine Zeit vergangen ist, während er bei den *Galactic Games* war. Also bleibt ihm wohl nichts anderes übrig, als die nächsten zwei Tage irgendwie zu überstehen.

Die Nervensäge

Tante Beate und Ariana kommen am Vormittag. Das bedeutet, Felix muss früh aufstehen und sein Zimmer aufräumen, statt wie sonst den Samstagmorgen bis zum späten Frühstück gemütlich im Bett zu verbringen und Mangas oder Science-Fiction-Bücher zu lesen.

Tante Beate nimmt Felix zur Begrüßung in den Arm, was ihm peinlich ist. Dann drückt sie ihm ein Geschenk in die Hand – ein Buch über den Weltraum. Er bedankt sich höflich.

»Warum gehst du nicht mit Ariana auf dein Zimmer, Felix?«, sagt Mama. »Ich habe mit Tante Beate noch einiges zu besprechen.«

»Aber ich bestimme, was wir spielen!«, beschließt Ariana.

»Natürlich, mein Schatz«, stimmt Mama zu und wirft Felix einen mahnenden Blick zu.

In seinem Zimmer muss er fassungslos mit ansehen, wie Ariana dasselbe dämliche Einhorn-Spiel in die Konsole legt wie beim letzten Mal. Felix kommt der Verdacht, dass sie das Spiel eigentlich selbst doof findet und es nur mitgebracht hat, um ihn zu ärgern.

»Und wehe, du mischst dich wieder ein!«, sagt sie.

Felix rollt bloß mit den Augen. Während die kleine Nervensäge spielt, blättert er durch das Buch, das Tante Beate ihm geschenkt hat. Wie wenig doch der Autor über das Weltall weiß! Vielleicht schreibt Felix ja eines Tages selbst mal ein Buch über die Aliens, denen er begegnet ist, über die *Galactic Games* und die mysteriösen Wesen, die Bargel »Schöpfer« genannt hat und die angeblich das Universum geschaffen haben. Andererseits wird ihm wohl niemand glauben, dass er das alles wirklich erlebt hat. Die Leute werden es für eine Science-Fiction-Geschichte halten. Wahrscheinlich ist das auch besser so. Die Menschheit ist offensichtlich noch nicht bereit dafür, in die Galaktische Föderation aufgenommen zu werden.

Als Ariana zum x-ten Mal von ihrem Einhorn fällt, weil sie schon wieder zu spät die Sprungtaste gedrückt hat, stößt sie einen wütenden Schrei aus und wirft den Controller gegen den Bildschirm.

»Spinnst du?!«, ruft Felix.

»Der blöde Controller ist kaputt«, schimpft Ariana. Genau genommen benutzt sie nicht das

Wort »blöd«, um den Controller zu beschreiben, sondern ein viel schlimmeres, für das Felix mindestens eine Woche Spielverbot bekommen würde.

»Ist er gar nicht«, widerspricht er. »Komm, ich zeig dir, wie es geht.«

»Nein!«, schreit Ariana. Und dann sagt sie das schlimme Wort zu Felix.

»Na gut, wenn das so ist, dann bin ich jetzt mit Spielen dran«, erwidert er und legt die Disc von *Rebels of the Stars* ein.

Er startet das Spiel und macht sich auf den Weg in das imperiale Gefängnis. Unterwegs muss er es mit mehreren feindlichen Drohnen, imperialen Kampfrobotern und einem riesigen Eiswurm aufnehmen. Doch die Gegner sind keine große Herausforderung für ihn.

»Jetzt bin ich wieder dran«, fordert Ariana.

»Gleich«, sagt Felix. »Ich muss nur noch die Seitentür dort öffnen, dahinter ist ein Savepoint.«

»Nein, ich will jetzt spielen!«, kreischt Ariana und zerrt an dem Controller.

»Ich sagte doch, gleich!«, knurrt Felix. »Nur noch durch diese Tür …«

»Ich will aber *jetzt*!«, schreit die kleine Nervensäge und fängt an zu heulen. »Nie lässt du mich machen, was ich will! Du bist so gemein!«

Felix hat alle Hände voll zu tun, um die imperialen Truppen abzuwehren, die nun von zwei Seiten auf ihn zustürmen, als hätte Arianas Geschrei sie angelockt.

Mitten in dem wilden Feuergefecht geht die Tür auf und Mama und Tante Beate kommen herein. Felix drückt rasch den Pause-Button.

»Na, spielt ihr zwei schön?«, fragt Mama.

»Nein!«, ruft Ariana. »Der Doofmann lässt mich überhaupt nicht!«

»Ariana!«, ruft ihre Mutter.

»Felix!«, ermahnt Mama ihn. »Du lässt sofort Ariana an die Konsole!«

»Aber sie war doch schon dran!«, erwidert Felix. »Sie ist dauernd von ihrem Pferd gefallen, wütend geworden und hat den Controller gegen den Bildschirm geworfen. Ich bin seit höchstens zehn Minuten an der Reihe. Ehrenwort!«

»Stimmt ja gar nicht!«, widerspricht Ariana. »Und außerdem war das ein Einhorn und kein Pferd, du Doofmann!«

»Ariana!«, ruft Tante Beate wieder.

»Felix!«, ermahnt Mama ihn erneut. Sie hat dabei dieses Funkeln in den Augen, das andeutet, dass sie gleich explodiert, wenn er nicht sofort gehorcht.

»Na gut«, sagt Felix und will *Rebels of the Stars* beenden, um wieder das blöde Einhorn-Game zu starten.

»Nein, ich will das da spielen!«, sagt Ariana und zeigt auf den Bildschirm.

»Dafür bist du noch viel zu klein«, stellt Felix fest.

»Bin ich gar nicht!«, widerspricht sie.

»Lass sie bitte spielen, was sie möchte«, befiehlt Mama.

Felix seufzt und gibt Ariana den Controller. Er kann sich bei diesem Theater ohnehin nicht richtig konzentrieren.

»Und vertragt euch jetzt«, sagt Mama und verlässt mit ihrer Schwester den Raum.

Nachdem Felix die Pause-Funktion wieder deaktiviert hat, drückt Ariana planlos auf dem Controller herum. Es dauert keine fünf Sekunden, bis die feindlichen Truppen sie erledigt haben und **Game over** auf dem Bildschirm erscheint.

»Das ist ein doofes Spiel!«, schimpft sie. »Der Weltraum ist doof. Und außerirdische Planeten gibt es in Wirklichkeit gar nicht!«

Felix weiß natürlich, dass es nicht viel Sinn hat, mit einer achtjährigen Nervensäge über Dinge zu diskutieren, von denen sie nicht das Geringste versteht. Aber irgendwie kann er diese Behauptungen nicht einfach so stehen lassen.

»Du hast ja keine Ahnung«, belehrt er sie. »Natürlich gibt es andere Planeten, sieben davon sogar in unserem Sonnensystem und viele Milliarden in unserer Galaxis.«

»Das weißt du doch gar nicht!«

»Das weiß ich sehr wohl! Ich war sogar schon mal auf einem außerirdischen Planeten!«

»Pah! Du lügst!«

»Ich lüge überhaupt nicht!«

»Und ob du lügst! Außerdem bist du ein Angeber!«

Felix platzt der Kragen. »So? Ich lüge und gebe an? Na, dann pass mal auf!«

Er holt das Stirnband aus dem Schulranzen. Arianas Augen werden ganz groß. *Gleich wird sie*

noch viel dümmer gucken, wenn Bargel, Lysia und Thorax in meinem Zimmer erscheinen, denkt sich Felix. Sie wird sich vor Angst in die Hose machen!

»Gib mir das!«, sagt Ariana und streckt die Hand nach dem Stirnband aus.

»Was? Das hier? Kommt gar nicht infrage!«

»Aber ich will Prinzessin sein! Und Prinzessinnen haben eine Krone auf dem Kopf!«

»Das ist keine Krone, das ist ein Kommunikator. Damit kann man mit Außerirdischen sprechen.«

»So ein Quatsch! Das ist eine Prinzessinnenkrone! Du musst sie mir geben!«

Felix beschleicht das Gefühl, dass es doch keine so gute Idee war, ihr das Stirnband zu zeigen. Was würden wohl seine Teamkollegen dazu sagen, wenn er sie herbeiruft, nur um ein kleines Mädchen zu erschrecken? Bestimmt würden sie ihn auslachen, weil er nicht allein mit Ariana fertigwird. Rasch legt er den Kommunikator zurück in den Schulranzen.

»Ich will die Prinzessinnenkrone haben!«, ruft Ariana und macht Anstalten, den Reißverschluss des Ranzens zu öffnen.

»Du kriegst sie aber nicht«, erwidert Felix. »Sie gehört mir!«

»Prinzessinnenkronen sind nur für Mädchen!«

»Ich hab dir schon gesagt, das ist keine Prinzessinnenkrone, sondern ein …«

In diesem Moment geht die Tür auf und Mama und Tante Beate kommen herein.

»Streitet ihr etwa schon wieder?«, fragt Mama.

»Er will mir die Prinzessinnenkrone nicht geben!«, ruft Ariana.

»Was denn für eine Krone?«, fragt Mama.

»Sie ist da drin«, sagt Ariana und zeigt auf den Ranzen. »Ich will sie auch mal haben!«

»Was ist da drin?«, will Mama wissen.

»Gar nichts«, sagt Felix.

Fieberhaft überlegt er, wie er sie davon abhalten kann, in den Schulranzen zu sehen. Doch es ist bereits zu spät: Ehe er protestieren kann, öffnet Mama den Ranzen und fischt das goldene Band heraus.

»Was ist das?«, fragt sie. »Woher hast du das?«

Felix hat keine Ahnung, was er darauf antworten soll.

»Das ist meins!«, behauptet Ariana.

Sie greift nach dem Stirnband. Zu Felix' Entsetzen gibt Mama es ihr. Ariana grinst ihn triumphierend an, dann legt sie es sich um die Stirn. Es scheint ihr perfekt zu passen, obwohl sie einen viel kleineren Kopf als Felix hat.

»Aber …«, beginnt er, doch er weiß nicht, was er sagen oder tun soll. Hätte er das Stirnband bloß im Ranzen gelassen!

»So, jetzt kommt, wir gehen in den Zoo!«, sagt Mama.

»Au ja!«, ruft Ariana. »Darf ich dabei die Prinzessinnenkrone tragen?«

»Natürlich, mein Schatz.«

Felix zuckt zusammen. Was, wenn sie aus Versehen Team Tentakelfaust herbeiruft, womöglich mitten im Zoo, vor den Augen von Hunderten von Menschen? Das könnte eine Panik auslösen!

Seine Befürchtungen erweisen sich zum Glück als unbegründet. Während sie durch den Zoo spazieren, erscheint nicht plötzlich ein Quantenportal. Trotzdem ist Felix die ganze Zeit nervös, als sie von einem Gehege zum nächsten wandern.

Er war schon länger nicht mehr hier. Früher haben ihm Zoobesuche immer viel Spaß gemacht, aber in letzter Zeit hatte er keine Lust mehr dazu. Er kannte ja die Tiere alle schon – dachte er jedenfalls. Doch als er heute über die vertrauten Wege geht, wird ihm zum ersten Mal bewusst, wie vielfältig das Leben auf der Erde ist.

Auf einmal sind es nicht mehr die mächtigen Löwen oder die quirligen Affen, die ihn besonders faszinieren, sondern die vielen kleinen, bizarren Lebewesen, die im Terrarium und Aquarium des Zoos zu entdecken sind. Ein großer Skorpion erinnert ihn an Schjk, den Alien mit den langen Stachelarmen, dem sie im Raum mit der Rätselkiste begegnet sind. Die Fangarme eines Tintenfischs ähneln Bargels Tentakeln. Eine Heuschrecke, die aussieht wie ein grünes Blatt mit Beinen, ist zwischen den

Pflanzen in ihrem Glaskäfig fast unsichtbar – genau wie das blattförmige Wesen im Team der Unbesiegbaren Helden. Felix wird klar, dass seine Alien-Freunde nicht seltsamer sind als viele der Lebensformen auf seinem Heimatplaneten.

Leider hat er kaum Zeit, sich diese Tiere genauer anzusehen, denn Ariana findet sie langweilig und quengelt dauernd herum, dass sie ein Eis will oder zum Spielplatz oder zum Kamelreiten. Zwischendurch versucht Felix mehrmals, ihr den Kommunikator wieder wegzunehmen, doch die kleine Hexe weigert sich, ihn herauszurücken.

Als sie am späten Nachmittag nach Hause kommen, sagt Felix: »Kann ich jetzt endlich das Stirnband wiederhaben?«

»Nein«, erwidert Ariana. »Ich will es behalten.«

Mama sieht Felix mit hochgezogener Augenbraue an. »Woher hast du es eigentlich?«

»Ich … äh … hab es gefunden. Auf dem Schulhof. Ich … ich glaube, es gehört einem Mädchen, das neu an der Schule ist.«

Felix spürt, wie er rot anläuft.

»Gib ihm das Stirnband zurück«, befiehlt Tante Beate.

»Nein!«, kreischt Ariana. »Das ist meins! Ich bin die Prinzessin! Es gehört mir!«

Doch alles Geschrei nützt ihr nichts. Ihre Mutter nimmt ihr das Stirnband ab und gibt es Felix, der es rasch wieder in seinem Schulranzen verstaut.

Der Rest des Samstags verläuft ebenso nervig, wie er begonnen hat. Felix ist heilfroh, als Ariana und ihre Mutter sich abends verabschieden, um ans Meer zu fahren. Mama findet das schade, Felix nicht.

Froh, endlich seine Ruhe zu haben, geht er in sein Zimmer, startet die Spielkonsole und befreit den Rebellen erneut aus dem imperialen Gefängnis. Zwar macht ihm das Spiel immer noch keinen besonderen Spaß, aber so kann er wenigstens seinen Frust abreagieren, der sich über den Tag angestaut hat.

Schließlich wird es Zeit, schlafen zu gehen. Vielleicht ist ja heute Nacht der achte Zyklus zu Ende und Bargel kehrt zurück, um ihn zur nächsten Runde der *Galactic Games* mitzunehmen! Das wäre toll …

Felix kommt der Gedanke, dass er seinen Alien-Freund einfach fragen könnte, wie lange ein Zyklus dauert. Doch als er seinen Schulranzen öffnet, um den Kommunikator hervorzuholen, erlebt er einen Schock: Das Stirnband ist nicht mehr da!

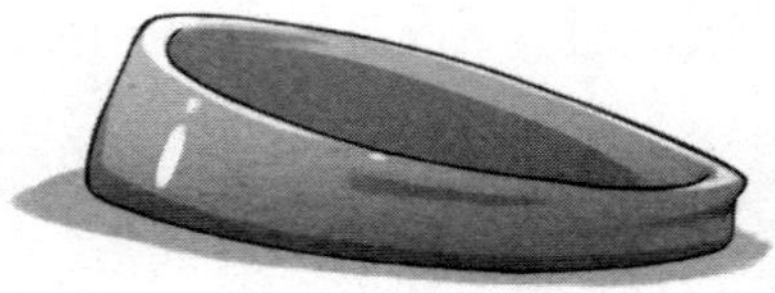

Seltsamer Besuch

»Diese miese kleine Kröte!«, schimpft Felix, als er das Wohnzimmer betritt.

Mama stellt den Fernseher leise. »Was ist denn los?«

»Sie hat meinen … das Stirnband gestohlen!«

»Wer?«

»Ariana.«

»Unsinn! Bestimmt liegt es irgendwo in deinem Zimmer.«

»Tut es nicht! Ich habe es wieder in den Schulranzen gesteckt, aber da ist es nicht mehr. Sie muss es heimlich herausgenommen haben, als ich auf dem Klo war. So ein hinterhältiges Biest!«

»Felix, sie ist deine Cousine! Und außerdem: Wenn ihr euch nicht dauernd zanken würdet, würde sie so was vielleicht nicht tun.«

Vor Zorn ballt Felix die Fäuste. Es ist wieder mal typisch, dass seine Mutter Ariana in Schutz nimmt, statt ihm beizustehen!

»Sie hat mir das Stirnband geklaut und du verteidigst sie auch noch!«, schreit er. »Das ist total ungerecht!«

»Jetzt beruhige dich mal. Das ist doch bloß ein Stück Stoff.«

»Das ist viel mehr als nur ein Stück Stoff! Du hast ja keine Ahnung!«

»Wie redest du denn mit mir? Was ist überhaupt mit dir los? In letzter Zeit hast du dich so verändert …« Plötzlich erscheint ein Lächeln auf ihren

Lippen. »Ah, ich verstehe! Du magst dieses neue Mädchen, habe ich recht?«

»Was? Wie? Wieso?«, stottert Felix und wird rot. »Was hat das denn damit zu tun?«

»Morgen rufe ich Beate an und bitte sie, uns das Stirnband zu schicken. Dann kannst du es nächste Woche deiner Freundin zurückgeben.«

Nächste Woche? Was, wenn Bargel vorher zurückkommt und er dann keinen Kommunikator hat? Die anderen könnten sich nicht mit ihm verständigen und er wäre bei den *Galactic Games* völlig nutzlos. Sie würden ihn wahrscheinlich aus dem Team werfen!

Felix überlegt, ob er seiner Mutter die Wahrheit sagen und ihr erzählen soll, was neulich nachts passiert ist. Aber sie würde ihm sowieso nicht glauben. Also nickt er bloß und geht frustriert ins Bett.

Lange liegt er wach, voller Angst, dass sich jede

Sekunde ein heller Spalt in seinem Zimmer öffnen und Bargel erscheinen könnte. Diese verdammte Ariana!

Irgendwann schläft er doch ein. Albträume quälen ihn, in denen er allein über einen Eisplaneten irrt, verfolgt von Eiswürmern, Tomatenmonstern und Zyrra, der bösartigen Anführerin der Unbesiegbaren Helden. Er begegnet Bargel, Thorax und Lysia, aber sie stehen nur da und ohne seinen Kommunikator kann er sie nicht um Hilfe bitten.

»Können wir nicht zu Tante Beate und Ariana ans Meer fahren?«, fragt Felix, als sie am nächsten Morgen beim Frühstück am Küchentisch sitzen.

Seine Mutter sieht ihn überrascht an. »Was? Das sind mehr als drei Stunden Fahrt mit dem Auto! Wie kommst du denn überhaupt auf so eine Idee?«

»Ich … äh, na ja … ich dachte …«, druckst Felix herum.

Zum Glück klingelt es in diesem Moment an der Tür.

»Nanu, wer kann das sein?«, wundert sich Mama.

Felix hofft, dass es Tante Beate ist, die ihm das Stirnband zurückbringt. Doch als Mama die Wohnungstür öffnet, hört er sie fragen: »Ja, bitte?«

»Frau Krume? Ich würde gerne Ihren Sohn sprechen«, sagt eine tiefe Männerstimme, die Felix fremd ist und irgendwie ein bisschen unheimlich klingt.

»Was wollen Sie denn von ihm?«, erkundigt sich Mama.

»Es geht um einen Vorfall in der Schule«, erwidert der Mann.

Felix erstarrt. Was hat das zu bedeuten?

»Was denn für ein Vorfall?«, fragt Mama.

»Es gab ungewöhnliche Vorkommnisse, die offenbar mit Ihrem Sohn in Zusammenhang stehen. Dazu möchte ich ihn befragen.«

»Wer sind Sie überhaupt? Sind Sie einer von Felix' Lehrern?«

»Nicht direkt«, erwidert der Mann.

»*Nicht direkt?* Was soll das heißen? Sind Sie nun ein Lehrer oder nicht?«

»Mein Name ist Dr. Hilbert Moron. Ich bin Wissenschaftler. Hören Sie, Frau Krume, es wäre wirklich wichtig, dass ich mit Ihrem Sohn spreche!«

»Wissenschaftler? Seit wann klingeln Wissenschaftler sonntagmorgens unangemeldet an Wohnungstüren? Verschwinden Sie, bevor ich die Polizei rufe!«

»Schon gut. Hier ist meine Karte. Wenn Sie etwas

Ungewöhnliches beobachten sollten, rufen Sie mich an. Auf Wiedersehen, Frau Krume. Und passen Sie gut auf Ihren Sohn auf!«

Felix hört die Tür ins Schloss fallen. Kurz darauf erscheint Mama in der Küche, eine Visitenkarte in der Hand.

»Komischer Typ!«, murmelt sie.

»Wer war das denn?«, will Felix wissen.

»Hat gesagt, er sei Wissenschaftler. Aber ich glaube, das war bloß irgendein durchgeknallter Spinner.« Mamas Augen verengen sich. »Ist letzte Woche irgendwas Ungewöhnliches an eurer Schule passiert?«

»Was soll denn passiert sein?«, fragt Felix scheinheilig.

»Ich weiß nicht. Habt ihr vielleicht einen fremden Mann gesehen, der auf dem Schulgelände herumlief?«

»Einen fremden Mann? Nein.«

»Sei vorsichtig, wenn du morgen in die Schule gehst. Dieser Typ war irgendwie seltsam. Wer weiß, was der im Schilde führt.«

»Was steht denn auf seiner Visitenkarte?«

Mama reicht ihm die Karte. Darauf ist ein grob gezeichnetes Auge gedruckt und darunter der Text:

Außerdem sind auf der Rückseite noch eine Adresse und Telefonnummer angegeben.

Felix läuft ein eisiger Schauer über den Rücken. Dieser Dr. Moron muss irgendwie mitgekriegt haben, was beim Schuppen geschehen ist. Vielleicht hat der fiese Mike irgendwem davon erzählt. Zwar weiß Felix nicht genau, warum, aber er hat ein ungutes Gefühl bei der Sache. Wenn er bloß Kontakt zu seinen außerirdischen Freunden aufnehmen könnte! Doch ausgerechnet jetzt hat diese blöde Ariana seinen Kommunikator geklaut. So ein Mist!

Nach dem Frühstück hilft er seiner Mutter, das Geschirr in die Spülmaschine zu räumen. Währenddessen denkt er darüber nach, wie er sie dazu überreden könnte, doch noch mit ihm ans Meer zu fahren. Da klingelt es erneut an der Tür.

»Was ist denn heute bloß los?«, stöhnt Mama. »Wenn das wieder dieser angebliche Wissenschaftler ist, kann er was erleben!«

Felix hört, wie sie zur Wohnungstür geht, eine kurze Pause folgt, als sie wohl durch den Türspion schaut, dann das Geräusch der Sicherheitskette, die entsperrt wird.

»Oh, hallo«, sagt sie. »Wer bist du denn?«

Keine Antwort. Felix späht um die Ecke, doch Mama verdeckt den Blick, sodass er nicht sehen kann, wer sich an der Wohnungstür befindet.

»Du willst bestimmt zu Felix«, meint sie. »Komm doch herein! Felix, hier ist Besuch für dich!«

Felix klappt die Kinnlade herunter, als Mama zur Seite tritt und er erkennen kann, wer da draußen im Treppenhaus steht.

»Dilara?«, ruft er. »Wie … was … was machst du denn hier?«

Sie antwortet nicht, sondern sieht ihn nur mit großen, stummen Augen an. Irgendetwas scheint mit ihr nicht zu stimmen.

Verwirrt geht Felix auf sie zu.

»Ich lass euch mal allein.« Mama verschwindet in der Küche.

»Äh, schön, dass du da bist«, sagt Felix.

Dilara sieht ihn bloß weiterhin stumm an. Was hat das zu bedeuten?

»Alles in Ordnung?«, fragt er. »Ist was passiert?«

Immer noch bringt sie keinen Ton heraus.

»Komm erst mal rein«, meint Felix und nimmt Dilaras Hand. Sie fühlt sich kühl und schlaff an, fast wie die einer Gummipuppe. Dilara folgt ihm in sein Zimmer.

»Was ist denn nur mit dir los?«, fragt er, als er die Zimmertür hinter sich geschlossen hat. »Warum sagst du nichts?«

Dilara öffnet den Mund, aber es kommt nur ein seltsames Geräusch heraus, das wie ein Gurgeln klingt. Dann verzieht sich ihr Gesicht plötzlich, nimmt eine grünliche Farbe an und wird halb durchsichtig. Dilaras Körper sackt in sich zusammen und zerfließt zu einem unförmigen Geleeklumpen.

»Lysia!«, ruft Felix aus. »Was … wie …?«

Das außerirdische Wesen sagt nichts. Endlich begreift Felix, warum sie nicht mit ihm redet.

»Ich … habe meinen Kommunikator verloren«, erklärt er und tippt sich an die Stirn.

Lysia wird wieder zu Dilaras Ebenbild. Nun trägt sie auf einmal ein goldenes Stirnband. Sie nimmt es ab, reißt es in der Mitte durch und reicht Felix eine Hälfte.

Verwirrt betrachtet Felix das Stück goldenen Stoff in seiner Hand. Es hat nicht mehr die Form eines Rings, sondern sieht nur noch aus wie ein schmaler Lappen. Doch als er die beiden Enden aneinanderhält, verschmelzen sie miteinander, als wäre das Band nie zerrissen worden. Problemlos lässt es sich weiten, sodass Felix es um die Stirn legen kann. Es passt perfekt.

»Den Schöpfern sei Dank!«, sagt Lysia. »Wir haben uns schon Sorgen gemacht!«

»Sorgen? Wieso?«

»Wir wussten nicht, wo du bist. Bargels Lokator hat mal wieder verrückt gespielt. Er hat versucht, dich anhand der Position deines Kommunikators zu orten, aber als er ein Quantenportal öffnete, um dich zu holen, fand er stattdessen nur einen anderen Bewohner eures Planeten. Der hatte offenbar Angst vor Bargel und hat einen Riesenaufstand veranstaltet.«

»Auweia. Das war bestimmt Ariana!«, ruft Felix. »Das ist meine Cousine. Sie hat mir meinen Kommunikator gestohlen.«

»Ach so. Jedenfalls haben wir dann beschlossen, dass wir dich an dem Ort auf diesem Planeten suchen, an dem Bargel dich beim ersten Mal angetroffen hat. Um kein unnötiges Aufsehen zu erregen, habe ich die Form deiner Art angenommen und mich deinem Nest sicherheitshalber von außen genähert.«

»Das war eine gute Idee. Tut mir leid, die Sache

mit dem Kommunikator. Danke, dass du deinen mit mir geteilt hast. Jetzt ist es bestimmt zu spät, um sich noch für die nächste Runde der *Galactic Games* anzumelden. Ich hab es wohl vermasselt.«

Traurig senkt Felix den Kopf.

»Nein, es ist noch nicht zu spät. Aber viel Zeit bleibt uns nicht mehr.«

Felix blickt auf.

»Heißt das etwa, ich kann immer noch in der nächsten Runde mitmachen?«

»Möchtest du das denn?«

»Und ob ich das möchte!«

Lysia lächelt. »Gut. Dann komm mit!«

Ein Spalt erscheint mitten in Felix' Zimmer. Doch diesmal ist er nicht hell, sondern pechschwarz. Ehe er nach dem Grund dafür fragen kann, schlüpft Lysia hindurch.

Felix zögert einen Augenblick, dann folgt er ihr.

Wiedersehen im Weltraum

Felix stürzt in einen bodenlosen dunklen Abgrund. Schwach erkennt er unter sich einen Fußboden, doch der scheint ebenfalls zu fallen wie ein Fahrstuhl, dessen Halteseil gerissen ist. Verzweifelt rudert er mit den Armen und ruft um Hilfe.

»Was ist denn los?«, fragt eine vertraute Stimme neben ihm. »Wieso schreist du so?«

Verdutzt dreht Felix den Kopf zur Seite. Neben ihm stürzt Bargel in die Tiefe, auf der anderen Seite Lysia, die immer noch das Aussehen von Dilara hat.

Nein, sie fallen nicht, wird Felix plötzlich klar: Sie schweben! Erstaunt sieht er sich um. In der Decke des würfelförmigen, etwa vier Meter breiten Raums befindet sich ein großes Fenster, durch das vor einem pechschwarzen Himmel Tausende Sterne zu erkennen sind. Nur, dass dieses Fenster auf einmal nicht mehr über ihm, sondern unter ihm zu sein scheint. Felix wird ganz schwindelig.

»Sind wir … im Weltraum?«, fragt er verdutzt.

»Wo sollen wir denn sonst sein?«, meint Bargel. »Warst du etwa noch nie schwerelos?«

»Äh, nein.«

»Ach so. Tut mir leid. Platus, schalt mal die Schwerkraft ein.«

Eine Folge von surrenden und klickenden Lauten ertönt. Gleichzeitig hört Felix eine metallische Stimme in seinem Kopf: »Du hast mir gar nichts zu befehlen, Schwabbelarm!«

Verwirrt blickt er sich um. Außer Lysia und Bargel kann er niemanden sehen. Neben ihnen schwebt nur noch ein Objekt durch den Raum, das ein wenig aussieht wie ein silberner Mülleimer auf Rädern.

»Wo ist denn Thorax?«, fragt Felix.

»Der wollte nicht mehr mitmachen«, erklärt Bargel. »Er meinte, er sei letztes Mal bloß eine Belastung für das Team gewesen.«

»Aber das stimmt doch nicht«, widerspricht Felix.

»Hab ich ihm auch gesagt. Doch er wollte trotzdem nicht. Ich vermute, er hat es einfach mit der Angst zu tun bekommen. Er wollte nicht noch einmal gegen die Unbesiegbaren Helden antreten.«

»Moment mal!«, ruft Felix aus. »Wir müssen schon wieder gegen Zyrra und ihr Team kämpfen?«

»Ich fürchte, ja«, erklärt Bargel. »Nach unserem Sieg in der letzten Runde sind sie in der Tabelle abgestürzt, während wir mehrere Dutzend Plätze aufgestiegen sind. Sie liegen jetzt genau gleichauf mit uns. Zyrra ist ganz schön sauer auf dich.«

»Auf *mich*?«

»Klar. Sie denkt, du bist schuld daran, dass sie in der Liga nur noch Mittelmaß ist. Und ganz unrecht hat sie damit ja nicht.« Bargel stößt ein Geräusch aus, das wohl ein Lachen sein soll.

Felix gefällt das gar nicht. Sicher wird sich das Katzenwesen an ihm rächen wollen.

»Dann treten wir diesmal nur zu dritt an? Ich dachte, das ist nicht erlaubt?«

»Ist es auch nicht. Statt Thorax ist jetzt Platus im Team.« Er zeigt auf das tonnenförmige Gebilde.

Wieder ertönt das seltsame Klicken und Surren. »Ja, leider«, schnarrt die metallische Stimme in Felix' Kopf.

»Bist du … ein Roboter?«, fragt Felix.

Einen Moment lang sagt niemand etwas.

Dann erklingt ein lautes Brummen, das irgendwie zornig klingt.

»Nenn … mich … nie … wieder … so, du Matschhirn!«

»Entschuldige!«, ruft Felix verwirrt. »Ich dachte … ich meine, du siehst aus, als ob …«

»Als ob ich eine Maschine wäre?«, ergänzt die metallische Stimme.

»Äh, ja.«

»Das bin ich auch. Meine Spezies wurde von einer Lebensform geschaffen, die vor langer Zeit ausgestorben ist.«

»Aber warum … darf ich dich dann nicht ›Roboter‹ nennen?«

»Hat diesem Weichling denn niemand galaktische Etikette beigebracht?«, beschwert sich die Blechtonne.

»In den meisten Sprachen bedeutet ›Roboter‹

dasselbe wie ›Sklave‹«, erklärt Lysia. »Man sagt stattdessen ›anorganische Lebensform‹.«

»Ach so«, meint Felix. »Das wusste ich nicht. Tut mir leid.«

»Schon gut«, gibt Platus zurück. »Ich bin es gewohnt, dass man mich nicht ernst nimmt.«

»Dieser verbeulte Schrotthaufen kann froh sein, dass er im Team Tentakelfaust mitmachen darf«, wirft Bargel ein. »Er hat nämlich in der vorletzten Spielrunde einen Kurzschluss bekommen und seitdem einige Fehlfunktionen.«

»Da hörst du's«, meint Platus. »Noch so ein Spruch und ich verpass deinem Gesicht ein Update, Bargel!«

»Äh, Leute, ich … ich glaube … mir wird schlecht«, sagt Felix und übergibt sich.

»Jetzt schalt schon endlich die Schwerkraft ein, Platus!«, ruft Bargel.

»Jawohl, Boss«, grummelt das Metallding.

Ein Klicken ist zu hören und auf einmal knallt Felix hart gegen die Wand. Nur, dass das, was er für die Wand hielt, in Wahrheit der Fußboden ist. Neben ihm platscht sein Frühstück auf den Boden.

Felix rappelt sich auf und reibt sich die schmerzende Schulter. Das große Fenster befindet sich jetzt in einer der Wände. Es gibt weder Möbel noch irgendwelche Bildschirme oder blinkende Knöpfe, wie Felix sie an Bord eines Raumschiffs erwartet hätte. Ovale Türen führen an zwei gegenüberliegenden Seiten aus dem Raum.

Das Schwindelgefühl lässt allmählich nach.

»Danke«, sagt er.

»Igitt«, erwidert Platus. »Wer macht denn jetzt diese Schweinerei weg?«

Auf seinen drei Rädern aufrecht stehend reicht er Felix etwa bis zur Hüfte und erinnert ein wenig an den Roboter R2-D2 aus *Star Wars*. Doch Platus hat weder einen drehbaren Kopf noch Kameraaugen oder blinkende Lichter.

»Du natürlich«, entgegnet Bargel. »Hättest du gleich die Schwerkraft eingeschaltet, als ich es dir gesagt habe, wäre das gar nicht erst passiert!«

Statt zu protestieren, öffnet Platus eine Art Deckel an seiner Oberseite. Ein biegsamer Schlauch kommt daraus hervor und saugt die Sauerei ein.

»Tut mir leid«, sagt Felix.

»Schon gut, du kannst ja nichts dafür«, meint Lysia. »Lebewesen, die nicht an Schwerelosigkeit gewöhnt sind, haben oft Probleme damit.«

»Wie lange noch bis zum Zielort?«, fragt Bargel.

»Woher soll ich das wissen?«, erwidert Platus.

»Wie jetzt? Steuerst du das Raumschiff etwa nicht?«

»Nein, ich dachte, du machst das.«

Bargel stößt ein Schnauben aus. »Wir hatten doch vereinbart, dass du im Team für die Technik zuständig bist, Platus!«

»Und du? Wofür bist du zuständig?«

»Ich leite das Team und gebe die Anweisungen!«

»Na, das kann ja lustig werden«, meint die Maschine.

»Also, fliege uns jetzt bitte zum Einsatzort, Platus!«

»Jawohl, Boss!«

Eine unsichtbare Hand scheint Felix zu packen

und ihn mit voller Wucht gegen die Wand zu schleudern, die auf einmal wieder zum Fußboden wird. Er stöhnt vor Schmerz auf. Ein tonnenschweres Gewicht auf seiner Brust drückt ihm die Luft aus der Lunge. Auch Lysia und Bargel prallen gegen die Wand und stoßen keuchende Geräusche aus. Nur Platus scheint der Druck nichts auszumachen.

»Geht es … vielleicht … etwas sanfter?«, ächzt Bargel. »Es sind … biologische … Lebensformen … an Bord!«

»Och, habe ich etwa zu stark beschleunigt?«, gibt Platus zurück.

Das Gewicht auf Felix' Lunge lässt nach und er rutscht an der Wand nach unten.

»Wo müssen wir denn eigentlich hin?«, fragt er. »Ich meine, was ist diesmal unsere Aufgabe? Müssen wir wieder einen Quantenkristall finden oder so was?«

»Das wissen wir noch nicht«, erwidert das Tentakelschwein. »Diese Runde findet auf einem Asteroiden statt, mehr ist bis jetzt nicht bekannt. Ich nehme an, dort wird uns ein Schiedstöter genauere Anweisungen geben.«

»Und die Unbesiegbaren Helden? Sind die schon dort?«

»Keine Ahnung.«

»Unbekanntes Flugobjekt befindet sich im Anflug auf die Zielkoordinaten«, meldet Platus in diesem Moment.

»Was für ein unbekanntes Flugobjekt?«, ruft Bargel.

»Wenn ich das wüsste, wäre es ja nicht *unbekannt*«, gibt Platus trocken zurück.

»Ich meine, wie sieht es aus?«

»So.«

Platus' Deckel klappt auf, ein metallischer Arm mit einer Lampe am Ende fährt heraus und plötzlich erscheint ein dreidimensionales Bild in der Mitte des Raums. Es zeigt einen schwarzen Würfel mit einer Glasfläche auf einer Seite.

»Eine Standard-Raumfähre, genau wie unsere«, stellt Lysia fest.

»Das sind sie!«, ruft Bargel. »Die Unbesiegbaren Helden! Schneller, Platus! Wir müssen unbedingt vor ihnen das Ziel erreichen!«

»Wie du willst, Boss! Fest…«

Felix wird erneut mit voller Wucht gegen die Wand geschleudert, als hätte ihm ein Riese einen Fußtritt verpasst.

»…halten!«, vollendet Platus den Satz.

Felix bekommt keine Luft. Er will etwas sagen, doch er kann nicht sprechen. Ihm wird schwarz vor Augen.

Kurz bevor er ohnmächtig wird, lässt der unerträgliche Druck nach. Erleichtert atmet er ein.

»Achtung!«, warnt Platus. »Bremsmanöver in **100** Mikrozyklen. **90, 80 ...**«

Oh nein! Felix ahnt, was jetzt kommt. Während die Blechtonne herunterzählt, rennt er zur gegenüberliegenden Seite des Raums, legt sich davor auf den Rücken und stemmt die Füße gegen die Wand.

»Was machst du denn da?«, fragt Bargel.

»... 30, 20, 10, 0«, zählt Platus herunter.

Wie Felix erwartet hat, dreht sich nun erneut die Schwerkraft und die Wand, gegen die er sich abstützt, wird zum Fußboden. Er scheint auf einmal mehrere Tonnen schwer zu sein, doch wenigstens kann er noch atmen. Bargel und Lysia fliegen quer durch den Raum und prallen links und rechts von ihm auf. Lysia stößt ein dumpfes Geräusch aus und verwandelt sich in einen Geleeklumpen.

»Au, verdammt!«, stöhnt Bargel. »Ich glaube, ich habe mir mehrere Tentakel geprellt. Kannst du nicht aufpassen, Platus?«

»Du hast gesagt, ich soll schneller fliegen«, grummelt Platus. »War das jetzt etwa auch wieder falsch?«

»Schon gut! Pass nur auf, dass die Landung etwas …«

Es gibt einen gewaltigen Knall. Felix sieht, wie das große Fenster zerbirst und tausend Scherben in einem glitzernden Sturm herabregnen. Dann verliert er das Bewusstsein.

Gelandet

Felix schlägt die Augen auf. Er liegt auf dem Rücken, umgeben von einer Art Seifenblase, die sich grob seinen Körperkonturen angepasst hat und sanft hin und her wabert. Lysia, die wieder Dilaras Aussehen angenommen hat, beugt sich über ihn und macht ein besorgtes Gesicht. Auch sie wird von einer dünnen, durchsichtigen Schicht umhüllt.

»Bist du verletzt?«, fragt sie.

Felix blickt sich um. Er befindet sich immer noch in der Raumfähre, deren Wände jetzt jedoch verbeult aussehen. Glasscherben liegen überall um sie herum. Durch den leeren Fensterrahmen sieht er eine felsige Landschaft.

»Ich bin okay, glaube ich«, sagt er.

Er stößt sich vom Boden ab, um aufzustehen, und schwebt dabei empor, bis er gegen die Decke des Raums prallt. Als er langsam wieder herabsinkt, wird ihm klar, dass die Schwerkraft hier viel geringer ist als auf der Erde.

»Platus, du bist der mieseste Raumpilot aller Zeiten!«, beschwert sich Bargel.

»Was denn?«, gibt die Maschine zurück. »Du wolltest doch unbedingt vor den Unbesiegbaren Helden ankommen!«

»Ja, aber musstest du deshalb unsere Raumfähre schrotten?«, fragt Bargel. »Wie sollen wir denn jetzt wieder von hier wegfliegen?«

»Wir können doch die Fähre der Unbesiegbaren

Helden nehmen, nachdem wir diese Runde gewonnen haben«, schlägt Platus vor.

»Und wenn wir nicht gewinnen?«

»Dann sind wir vermutlich tot und brauchen auch kein Raumfahrzeug mehr.«

»Hm. Auch wieder wahr. Na gut, kommt mit.«

Bargel berührt eine rechteckige Platte an der Wand neben der ovalen Tür. Ein Spalt öffnet sich, doch er ist zu eng, um hindurchzuschlüpfen. Offenbar wurde die Tür beim Aufprall beschädigt.

»Na toll!«, ruft Bargel.

»Soll ich die Tür aufsprengen?«, fragt Platus.

»Bloß nicht! Wir klettern durchs Fenster.«

Aufgrund der geringen Schwerkraft ist es kein Problem, durch die Öffnung zu hüpfen. Draußen betreten sie eine zerklüftete felsige Landschaft. Mehrere Krater sind zu erkennen. Milliarden Sterne stehen über ihnen am pechschwarzen

Himmel. Sie funkeln nicht, sondern leuchten kalt und hart. Der Horizont wirkt sehr nah, trotzdem scheint der Asteroid einen Durchmesser von einigen Kilometern zu haben.

»Seht mal, dort«, sagt Lysia und zeigt auf eine runde Säule, die in ein paar Hundert Metern Entfernung aufragt. »Da ist der Schiedstöter!«

Sie hüpfen darauf zu. Es macht Felix Spaß, mit einem Satz ein Dutzend Meter weit springen zu können. Das ist viel besser als der Weitsprung im Sportunterricht!

Kurz darauf erreichen sie die Säule. Wie schon beim letzten Mal scannt der rote Laserstrahl aus einem der Augen die vier Mitglieder von Team Tentakelfaust.

»Identifiziert als **BinFelixFelix KrümelichmeineähKrume Vondererde**«, erklingt die donnernde

Stimme des Schiedstöters, als er Felix erfasst. »Willkommen zurück!«

Auch Platus ist bereits bei den *Galactic Games* registriert. Sein voller Name scheint eine komplizierte Folge von Zahlen und Buchstaben zu sein, die sich Felix nicht merken kann.

Während der Schiedstöter die Spielregeln verkündet, spürt Felix eine Erschütterung im Boden, die sich wie ein leichtes Erdbeben anfühlt. Als er sich umdreht, sieht er einen schwarzen Würfel, der auf einmal keine zehn Meter entfernt landet. Eine ovale Luke öffnet sich an der Seite und die vier Mitglieder der Unbesiegbaren Helden treten heraus: die Katze Zyrra, der seltsame Steinklumpen Grombollo, das blattförmige Wesen Hespel, das sich unsichtbar machen kann, und Schjk mit seinem menschlich wirkenden Oberkörper, den acht Beinen und zwei langen Gliederarmen. Sie sind

alle ebenfalls von transparenten, blasenartigen Hüllen umgeben, die wohl so etwas wie Raumanzüge sind.

»Na, wenn das nicht Team Tentakelwirrwarr ist«, sagt Zyrra. »Schön, euch wiederzusehen, auch wenn es das letzte Mal sein wird.« Sie stößt ein heiseres Geräusch aus, das wohl Gelächter sein soll. »Besser gesagt, schön, *weil* es das letzte Mal ist!«

»Stellt euch hinten an!«, gibt Bargel zurück. »Wir waren zuerst da!«

»Oh, keine Sorge«, erwidert Zyrra. »Wir hätten euch ohnehin den Vortritt gewährt. Wir sind so nett und lassen euch erst noch alle Fallen und Monster für uns aus dem Weg räumen, bevor wir euch töten.«

»Wir werden ja sehen, wer am Ende wen tötet«, gibt Bargel zurück, aber Felix hat den Eindruck, dass er eingeschüchtert ist.

Zyrra deutet auf Platus. »Was wollt ihr denn mit

dem Schrotthaufen da? Habt ihr etwa kein richtiges Lebewesen gefunden, das bereit gewesen wäre, sich eurer Losertruppe anzuschließen?«

»Platus ist eine intelligente Lebensform, genau wie du, Zyrra«, erwidert Lysia. »Du kennst die Galaktische Verfassung, nach der alle intelligenten Lebensformen gleichberechtigt sind. Ganz egal, ob sie natürlich oder künstlich sind.«

»Mich interessiert nicht, was in der Galaktischen Verfassung steht. Künstliche Geschöpfe sind ihren Schöpfern stets unterlegen, das ist doch logisch!«

Felix ist sich nicht sicher, ob das wirklich so logisch ist. Zumindest hat er schon eine Menge Science-Fiction-Romane gelesen, in denen Computer und Roboter schlauer und stärker waren als die Menschen, die sie geschaffen hatten. Aber mit Zyrra zu diskutieren ist wohl Zeitverschwendung.

Der Schiedstöter scheint derselben Ansicht zu sein.

»Wollt ihr hier rumstehen und quatschen oder wollt ihr an den *Galactic Games* teilnehmen?«, donnert er.

»Was ist denn unsere Aufgabe?«, fragt Bargel.

»Auf diesem Asteroiden gibt es eine vollautomatische Erzmine«, erklärt die dunkle Säule. »Seit einiger Zeit produziert sie jedoch kein Erz mehr und reagiert auch nicht auf Kommunikationssignale. Aber Messungen haben ergeben, dass das zentrale Computersystem noch in Betrieb ist. Versuche eines Reparaturtrupps, in die Anlage einzudringen, endeten mit dem Tod dreier Lebewesen. Findet heraus, was passiert ist, und schaltet das System ab. Das Team, dem das zuerst gelingt, gewinnt diese Spielrunde.«

»Los, kommt!«, ruft Bargel. »Wenn wir uns beeilen, sind wir in der Mine, bevor Zyrra und ihr Team sich überhaupt angemeldet haben.«

»Weißt du denn, wo diese Anlage ist?«, erwidert Felix.

»Äh, nein«, gibt Bargel zu.

»Und wie sollen wir sie dann finden?«, fragt Lysia. »Wenn wir die ganze Asteroidenoberfläche absuchen, kann das mehrere Zyklen dauern.«

»Platus, hast du eine Ahnung, wo der Eingang zur Erzmine ist?«, wendet sich Bargel an das Maschinenwesen.

»Ach, nun bin ich auf einmal nicht mehr Platus, der Schrotthaufen? Jetzt bin ich Platus, die künstliche Lebensform mit allerlei Sensoren, die Fleischklumpen wie du nicht haben, oder was?«

»Ja, schon gut, schon gut«, entgegnet Bargel. »Nun reg dich nicht so auf und sag uns, wo wir hinmüssen. Oder willst du, dass die Unbesiegbaren Helden gewinnen?«

»Also gut. Mir nach!«

Platus flitzt mit erstaunlicher Geschwindigkeit über die unebene Asteroidenoberfläche. Bargel, Lysia und Felix haben große Mühe, ihm mit ihren weiten Sprüngen zu folgen. Sie überwinden eine zehn Meter breite und mindestens hundert Meter tiefe Schlucht, klettern auf der anderen Seite einen steilen Hang empor und erreichen schließlich einen großen Krater, dessen Boden flach ist. Mehrere etwa 20 Meter breite Tore sind darin zu erkennen. Doch sie sind alle verschlossen.

»Das sind offenbar die Ladeluken für die automatischen Frachter, die das Erz abgeholt haben«, spekuliert Bargel. »Haltet Ausschau nach einer Tür. Irgendwo muss es einen Eingang für Reparaturtrupps geben.«

Sie verteilen sich und inspizieren die Wände des Kraters. Nach einer Weile ruft Lysia: »Hier! Hier ist eine Öffnung!«

Die anderen eilen zu ihr. Tatsächlich befindet sich hinter einem Felsvorsprung eine Tür. Darauf ist ein Feld mit 16 Tasten zu sehen, die in einem Quadrat mit vier Reihen zu je vier Spalten angeordnet sind. Zahlen oder Symbole sind nicht darauf zu erkennen.

»Wie öffnen wir die Tür jetzt?«, fragt Bargel.

Er und Lysia sehen Felix erwartungsvoll an. Offenbar glauben sie, dass er die Lösung herausfinden kann. Platus sagt nichts. Da er weder Augen noch sonstige Sinnesorgane zu haben scheint, geschweige denn ein Gesicht, kann Felix nicht erkennen, was in ihm vorgeht.

»Keine Ahnung«, gibt Felix zu. »Vielleicht muss man die richtigen Tasten drücken.«

»Welch scharfsinnige Erkenntnis!«, kommentiert Platus. »Noch dazu von einem Weichling.«

»Hast du denn eine bessere Idee?«, fragt Bargel.

»Nein. Es ist offensichtlich, dass wir die *richtigen* Knöpfe betätigen müssen.«

»Und welches sind die richtigen Knöpfe, du Superhirn?«

»Woher soll ich das wissen? Ich kenne das Schaltschema dieser Anlage nicht.«

Erneut spürt Felix eine Erschütterung. Die Raumfähre der Unbesiegbaren Helden ist im Krater gelandet. Das feindliche Team kommt heraus.

»Was denn, scheitert ihr etwa schon an der ersten Tür?«, fragt Zyrra.

»Willst du es mal versuchen?«, entgegnet Bargel.

»Ich? Ich denke gar nicht daran. Bestimmt ist die

Tür mit einem Abwehrmechanismus gesichert, wenn man den falschen Code eingibt. Das dürft *ihr* gerne machen.«

»Ich glaube, es gibt nur eine Lösung«, meint Platus. »Wir müssen einfach alle Kombinationsmöglichkeiten ausprobieren.«

»Alle?«, fragt Felix. »Sind das nicht ziemlich viele?«

»*Ziemlich viele* ist relativ«, erwidert die Maschine. »Wenn meine Vermutung stimmt und man ein bestimmtes Muster drücken muss, gibt es bloß 65 536 Möglichkeiten. Wenn man die Ausgangsstellung nicht mitzählt, sogar nur 65 535.«

Ehe Felix etwas erwidern kann, klappt Platus seinen Deckel auf und fährt einen dünnen metallischen Arm aus. Damit tippt er auf den Knopf in der linken oberen Ecke, der daraufhin rot leuchtet. Als er ein zweites Mal auf den Knopf tippt, erlischt das Licht wieder.

»Wusste ich es doch, man kann die Knöpfe an- und ausschalten!«, schnarrt Platus. »Wir müssen also nur noch das richtige Muster finden.«

Scheinbar wahllos beginnt er, auf der Tastatur herumzutippen. Plötzlich zuckt ein greller Blitz aus der Tür. Platus wird emporgeschleudert und schlägt mehrere Dutzend Meter entfernt auf dem Kraterboden auf, wo er reglos liegen bleibt.

»Offenbar war das falsch«, stellt Bargel fest.

Sie eilen zu der Maschine.

»Platus?«, fragt Lysia. »Alles okay?«

Doch sie erhält keine Antwort.

»Tja, da waren's nur noch drei«, kommentiert Zyrra gehässig. »Wenn das so weitergeht, seid ihr alle tot, bevor sich diese verdammte Tür öffnet, und wir müssen die ganze Drecksarbeit selber machen. Strengt euch gefälligst ein bisschen mehr an!«

Ein Rätsel ohne Lösung?

»Platus!«, ruft Bargel. »Komm schon! Du kannst doch nicht jetzt schon schlappmachen, alte Blechdose!«

Vorsichtig berührt er das künstliche Wesen mit einem Tentakel und rüttelt an ihm, jedoch ohne Effekt.

Seltsam, Felix kannte das neue Teammitglied kaum, trotzdem ist er traurig, dass es tot ist. Oder eher »kaputt«? Schließlich ist Platus eine Maschine.

»Kann man ihn denn nicht reparieren?«, fragt er.

»Schon möglich«, erwidert Bargel. »Aber ich kann so was nicht.«

»Vollautomatische Anlagen wie diese Erzmine haben meistens ein Reparatursystem«, meldet sich Lysia zu Wort. »Vielleicht kann es Platus heilen.«

»Das bezweifle ich«, erwidert Bargel. »Wenn das Reparatursystem dieser Anlage funktionieren würde, dann wäre sie ja nicht kaputt.«

»Wir wissen nicht, ob sie kaputt ist«, entgegnet Lysia. »Wir sollten Platus auf jeden Fall mitnehmen.«

»Na schön. Aber erst mal müssen wir durch die Tür kommen.«

Lysia hebt Platus auf und klemmt ihn sich unter den Arm, was in der geringen Schwerkraft kein Problem ist. Sie kehren zu der Tür zurück.

»Na los, probiert eine neue Kombination aus!«, drängt Zyrra. »Wir haben nicht ewig Zeit!«

»Mach es doch selber!«, gibt Lysia zurück.

»Werd nicht frech, Schleimklumpen, oder ich zerreiße dich in Fetzen!«

Lysia sagt nichts. Alle Blicke ruhen wieder auf Felix. Doch der hat keine Ahnung, wie er die Tür öffnen soll.

»Was ist, Schwächling?«, fragt Zyrra. »Fällt dir etwa nichts ein? Bist du gar kein Superhirn? Habt ihr womöglich die letzte Runde nur durch pures Glück gewonnen?«

Felix stimmt ihr innerlich zu: Sie hatten beim letzten Mal tatsächlich ziemlich viel Glück. Außerdem waren die Rätsel durch logisches Denken lösbar. Aber wie soll man ohne jeden Hinweis die richtige Kombination aus 65 535 Möglichkeiten finden?

»Es muss hier irgendwo Anhaltspunkte dafür geben, was die richtige Kombination ist«, sagt er.

»Dann lasst uns noch mal gründlich alles absuchen«, schlägt Lysia vor.

Sie untersuchen die Umgebung der Tür, finden jedoch nichts.

»Ihr könntet ruhig helfen!«, meint Bargel zu Zyrra, die mit ihrem Team einfach nur dasteht und sie beobachtet.

»Und die ganze Arbeit für euch machen?«, erwidert das Katzenwesen. »Wir wollen euch doch nicht den Spaß verderben!« Sie lacht auf ihre seltsame, fauchende Weise.

Felix fragt sich, wie es dieses Team jemals bis an die Spitze der Tabelle geschafft hat. Das Einzige, was die Unbesiegbaren Helden zu können scheinen, ist, große Sprüche klopfen und vom Erfolg anderer profitieren. Doch es wäre wohl nicht klug, das der leicht reizbaren Zyrra zu sagen. Stattdessen hält er weiter nach einem Hinweis Ausschau, wie er die Tür öffnen kann.

Doch die Suche bleibt vergeblich. Nirgends sind irgendwelche Markierungen, Schriftzeichen oder Ähnliches zu finden.

»Das ist doch unfair!«, stöhnt Bargel. »Wie kann man ein Rätsel stellen, ohne irgendwelche Hinweise auf die Lösung zu geben?«

»Vielleicht ist das ja gar kein Rätsel«, überlegt Felix.

»Wie meinst du das?«

»Nehmen wir mal an, das hier wäre gar kein Spiel, sondern eine echte Erzmine, die wirklich nicht mehr richtig funktioniert. Dann würde es keinen Sinn ergeben, den Zugangscode irgendwo neben den Eingang zu schreiben, wo ihn jeder finden kann, oder? Das wäre ja so, als würde ich das Passwort für meinen Spielaccount auf einem Zettel notieren und ihn direkt neben meiner Konsole liegen lassen.«

»Was?«, fragt Bargel.

»Ich glaube, Felix will damit sagen, dass das hier womöglich gar kein extra für die *Games* vorbereitetes Szenario ist, sondern eine echte Mission«, erklärt Lysia.

»Hm. Interessante Vermutung«, meint Bargel. »Es gibt immer mal wieder Gerüchte, dass die Leitung der *Galactic Games* die Spieler ab und zu für echte Einsätze einspannt. Vielleicht war ja auch die Sache mit dem Quantenkristall in Wirklichkeit ein echter Einsatz und irgendwer hat uns benutzt, um den Kristall in die Hände zu bekommen.«

»Das kann ich mir nicht vorstellen«, widerspricht Lysia.

»Wenn ich recht habe, können wir die Sache jedenfalls vergessen«, stellt Felix fest. »Dann werden wir niemals in die Station gelangen.«

»Du willst aufgeben?«, fragt Bargel. »Kommt überhaupt nicht infrage! Wir können den Unbesiegbaren Helden doch nicht kampflos den Sieg überlassen!«

Der Gedanke, die fiese Zyrra einfach so gewinnen zu lassen, widerstrebt Felix ebenfalls und er möchte seinen Alien-Freund auf keinen Fall enttäuschen. Doch wie sollen sie den Zugangscode ohne jeden Anhaltspunkt finden? Das ist vollkommen unmöglich!

»Wir haben euch wohl überschätzt«, meint Zyrra.

»Schon gut, ihr habt gewonnen«, sagt Lysia.

»Heißt das, ihr weigert euch, die Drecksarbeit für uns zu machen?«

»Wir wissen einfach nicht, wie wir ins Innere der Mine kommen sollen.«

»Dann seid ihr völlig nutzlos und wir können euch ebenso gut gleich töten!«, ruft Zyrra.

Blitzartig stürzt sie sich auf Lysia und reißt mit ihren spitzen Krallen an der transparenten Blase, die vor der Kälte und dem Vakuum des Weltalls schützt. Ein Riss entsteht darin. Entsetzt sieht Felix, wie Dampf aus der Hülle entweicht und Lysias menschliche Form zerfließt.

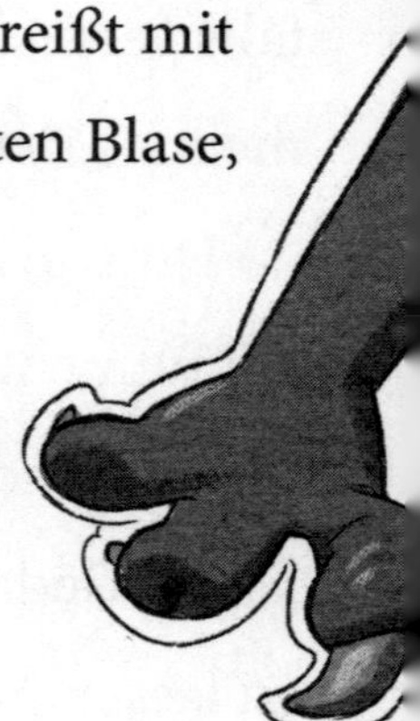

Sie nimmt wieder ihre natürliche Gestalt an und wird zu einem grünlichen Glibber. Doch dabei wirft sie Blasen, als würde sie gekocht. Das bedeutet sicher nichts Gutes.

»Lass Lysia in Ruhe!«, brüllt Felix, stürzt sich auf das Katzenwesen und verpasst ihm mit aller Kraft einen Kinnhaken.

Zyrra hat offensichtlich nicht mit dem Angriff gerechnet. Von der Wucht des Schlages wird sie hoch in den schwarzen Sternenhimmel katapultiert.

»Hey, holt mich wieder runter!«, kreischt sie. »Hilfe! Ich treibe in den offenen Weltraum hinaus!«

Die anderen Teammitglieder der Unbesiegbaren Helden stehen bloß unschlüssig herum. Offenbar weiß keiner von ihnen, wie sie ihrer Anführerin helfen sollen. Zum Glück machen sie auch keine Anstalten, Felix und seine Freunde anzugreifen.

Aber das nützt nur wenig, denn Lysia schwebt

in Lebensgefahr. Vergeblich versucht Felix, den Riss in der transparenten Hülle zu schließen.

»Schnell!«, ruft Bargel. »Wir müssen sofort ins Innere der Station, sonst stirbt sie!«

Felix starrt auf die Tür, die wenige Schritte entfernt ist. Ihm bleiben nur noch Sekunden, um sie zu öffnen, wenn er Lysia retten will.

Doch wenn seine Vermutung stimmt und es sich gar nicht um ein Spielszenario handelt, sondern um eine echte Erzmine, dann ist dies gar kein Rätsel. Andererseits, wenn es doch eine Aufgabe ist, hat der Spieldesigner vielleicht gewollt, dass sie genau das denken. Wenn es ein Spiel ist, dann muss es eine Lösung geben! Es *muss* einfach!

Ein Gedanke schießt ihm durch den Kopf. Er springt auf, rennt zum Eingang, ignoriert das Tastenfeld und drückt einfach gegen die Tür. Sie schwingt mühelos auf. Dahinter liegt ein heller Raum.

Er hastet zurück, greift nach der brodelnden Masse, die von Lysia übrig ist, und zerrt sie durch den Eingang. Bargel schnappt sich Platus und folgt ihm.

Ein grollendes Geräusch ertönt.

»Die haben die Tür geöffnet!«, übersetzt Felix' Stirnband die Worte des Steinklumpens. »Los, hinterher!«

»Aber was ist mit Zyrra?«, entgegnet das Blattwesen mit hoher, flüsternder Stimme. »Wir können doch nicht ohne unsere Anführerin gehen!«

»Na gut, dann warten wir eben, bis sie wieder hier unten ist«, erwidert der Steinhaufen.

Inzwischen haben Felix und Bargel das Innere des beleuchteten Raums erreicht. Felix drückt die Tür von innen zu, während Bargel einen roten Knopf an der Wand betätigt. Ein Zischen ertönt, als sich der Raum mit Luft füllt. Die transparente Hülle um Felix' Körper scheint zu schmelzen, zieht sich zusammen und wird zu einem dünnen Band um seinen Hals.

Lysias unförmiger Körper hört auf, Blasen zu werfen, doch sie bewegt sich nicht.

Erschrocken beugt sich Felix über sie. Vorsichtig stupst er die geleeartige Masse an, erhält jedoch keine Reaktion. Obwohl Lysia so anders ist und er sie erst seit Kurzem kennt, hat er sie sehr gern.

»Ist sie … tot?«, fragt er besorgt.

»Ich weiß nicht«, meint Bargel. Auch er wirkt bedrückt, obwohl Felix den Ausdruck seines fremdartigen Gesichts mit der Rüsselnase und den Stielaugen nicht genau deuten kann.

»Leider können wir nicht viel machen, um ihr zu helfen«, sagt das Tentakelschwein mit einem Geräusch, das wie ein Seufzer klingt.

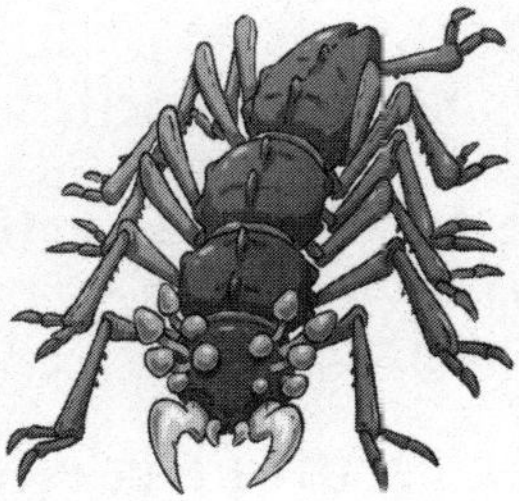

Weltraumschaben

Ein Zittern durchläuft die unförmige graugrüne Masse, die von Lysia übrig ist. Sie zieht sich zusammen, doch sie erhebt sich nicht wie sonst zu einer Säule, sondern formt sich zu einer Kugel.

Felix schöpft neue Hoffnung.

»Was passiert da?«, fragt er. »Meinst du … sie lebt noch?«

»Weiß nicht«, erwidert Bargel. Er streckt einen Tentakel nach dem Ball aus. »Lysia? Lysia, geht es dir gut?«

Ein matschiges Seufzen erklingt.

»Oh … oh, das tut weh …«, ertönt Lysias Stimme durch das Stirnband.

»Lysia! Du lebst!«, ruft Felix erleichtert.

Allmählich nimmt die Kugel wieder menschenähnliche Gestalt an.

»Danke … dass ihr … mich … gerettet habt«, keucht sie. »Wie … wie habt ihr das … geschafft?«

»Das war ganz einfach«, meint Felix. »Ich musste die Tür nur aufdrücken.«

»Das heißt, sie war gar nicht verschlossen?«

»Ja. Das Tastenfeld war bloß Ablenkung.«

»Das ist ganz schön fies!«, meint Bargel. »Aber wie bist du überhaupt darauf gekommen?«

»Mir wurde klar, dass es keinen Sinn ergibt, ein Rätsel zu stellen, ohne einen Hinweis auf die Lösung zu geben. Dann wäre das Rätsel schlicht unlösbar. Und da kam mir der Gedanke, dass genau das der Hinweis sein könnte: Wenn man ein Rätsel nicht lösen kann, muss man es vielleicht auch gar nicht! Also musste es eine andere Möglichkeit geben, die Tür zu öffnen. Ich habe nur die einfachste ausprobiert – und es hat funktioniert.«

»Gute Idee«, meint Bargel. »Und übrigens großartig, wie du Zyrra außer Gefecht gesetzt hast.«

»Es ist wirklich gut, dich in unserem Team zu haben, Felix«, sagt Lysia, deren Stimme nun bereits etwas kräftiger klingt. »Ohne dich wären wir schon an der ersten Aufgabe gescheitert.«

Bargel schweigt. Es kommt Felix so vor, als wäre er irgendwie unzufrieden.

»Was ist denn los?«, fragt er das Tentakelschwein.

»Ach, nichts«, erwidert Bargel. Sein Tonfall bestärkt Felix' Verdacht, dass etwas nicht stimmt.

»Nun verrat schon, was dich bedrückt«, fordert ihn Lysia auf.

»Gar nichts«, behauptet Bargel. »Außer, dass ich in diesem Team völlig überflüssig bin. Schon in der letzten Spielrunde habe ich kaum etwas zu unserem Sieg beigetragen. Ich habe nur Thorax vergrault und Platus als neuen Teamkameraden angeworben, der uns schon beim Flug hierher fast umgebracht hätte und jetzt bereits außer Gefecht ist. Es wäre bestimmt besser, wenn ab sofort Felix der Teamchef wäre. Wir könnten das Team in ›Team Menschenfaust‹ umbenennen. So nennt ihr euch doch, oder? ›Menschen‹?«

»Unsinn!«, widerspricht Felix. »Wir sind Team Tentakelfaust und dabei bleibt es! Du bist ein toller Teamchef, Bargel. Ich habe vielleicht ein paar gute Ideen gehabt, aber ohne dich wäre ich gar nicht hier. Vorhin hätte ich womöglich aufgegeben, wenn du mich nicht ermutigt hättest weiterzumachen. Und dass Thorax ausgestiegen und Platus kaputt ist, dafür kannst du doch nichts!«

»Jeder von uns hat seine Stärken und Schwächen«, ergänzt Lysia. »Genau das ist es, was uns als Team stark macht!«

»Ja, vielleicht. Aber alle mögen Felix lieber als mich.«

»Wie kommst du denn darauf?«, fragt Lysia.

»Du hast die Form eines Menschen angenommen, oder etwa nicht?«, gibt Bargel zurück. »Das heißt ja wohl, dass du ihn hübscher findest als mich!«

»Ach, Quatsch.«

Lysia lächelt und verändert ihre Gestalt.

Sie behält Dilaras Gesicht und Körperform, doch ihre Arme werden zu Tentakeln und aus ihrem Kopf ragen rechts und links fächerförmige Antennen heraus.

»So besser?«, erkundigt sie sich.

»Igitt, was ist das denn für ein scheußliches Monster?«, ruft Bargel, doch es klingt, als freue er sich über die Veränderung.

Felix gefiel Lysias Aussehen vorher besser, aber ihm ist wichtiger, dass Bargel sich gut fühlt.

Ein lautes Pochen ertönt. Jemand hämmert offenbar von außen gegen die Tür.

»Macht auf und lasst uns rein!«, hört Felix die grölende Stimme des Steinwesens.

»Ich dachte, du konntest die Tür einfach aufdrücken?«, wundert sich Lysia.

»Ja, das konnte ich auch«, erwidert Felix. »Vielleicht hat sie sich automatisch verriegelt?«

»Nein«, widerspricht Bargel. »Das hier ist eine Luftschleuse. Als wir sie betraten, war sie leer, aber jetzt ist sie voller Luft und die drückt die Tür zu.«

»Ihr sollt uns reinlassen!«, brüllt das Teammitglied der Unbesiegbaren Helden noch einmal.

Dann hört Felix die zischende Stimme der Anführerin: »Warum seid ihr ihnen nicht gleich gefolgt, ihr Schwachhirne?«

Offenbar ist das Katzenwesen inzwischen wieder auf dem Asteroiden gelandet.

»Tut mir leid, Zyrra, aber wir dachten …«

»Ich habe euch schon hundertmal gesagt, ihr sollt das Denken mir überlassen! Das gilt besonders für dich, Grombollo!«

»Du warst nicht da und da dachten wir …«

Zyrra unterbricht ihn: »Ihr da drinnen, wenn ihr die Tür aufmacht, töten wir euch nicht. Versprochen!«

»Träum weiter, Miezekatze!«, ruft Felix.

»*Wie* hast du mich gerade genannt?«

»Lasst uns lieber weitergehen«, mahnt Bargel und deutet auf eine ovale Tür auf der anderen Seite des Raums.

Während Zyrra wütend gegen die Schleuse hämmert, öffnet Bargel die gegenüberliegende Tür mit einem Drehrad. Felix schnappt sich Platus und folgt Bargel und Lysia hindurch.

Auf der anderen Seite befindet sich ein etwa zehn Meter langer Gang. Als sie ihn durchqueren, stößt Felix mehrmals mit dem Kopf an die Decke, weil er aufgrund der geringen Schwerkraft bei jedem Schritt ein gutes Stück vom Boden abhebt.

Der Gang endet an einem senkrechten Schacht. Er scheint endlos in die Tiefe zu führen. Jedenfalls kann Felix keinen Boden erkennen. In der Wand des Schachts sind gebogene Eisenstangen befestigt, die eine Art Leiter bilden. Allerdings sind die Sprossen jeweils mehrere Meter voneinander entfernt. Bei der geringen Schwerkraft sollte es kein Problem sein, sich an den Stangen in die Tiefe zu hangeln, aber ob sie auf diese Weise auch wieder nach oben gelangen, ist mehr als fraglich.

Gerade als Felix in den Schacht springen will, ruft Bargel: »Halt, warte!«

»Was ist denn?«

»Ich … höre etwas. Irgendetwas lauert dort unten im Schacht.«

Felix beugt sich über die Öffnung und starrt in die Tiefe. »Ich sehe nichts. Meinst du, das Monster kann sich unsichtbar machen?«

»Es … es ist nicht nur *ein* Monster«, erwidert Bargel. »Ich spüre die Anwesenheit mehrerer Wesen.« Er stößt einen Schreckensschrei aus. »Oh nein! Jetzt weiß ich, was das ist!«

»Was denn?«, fragt Felix.

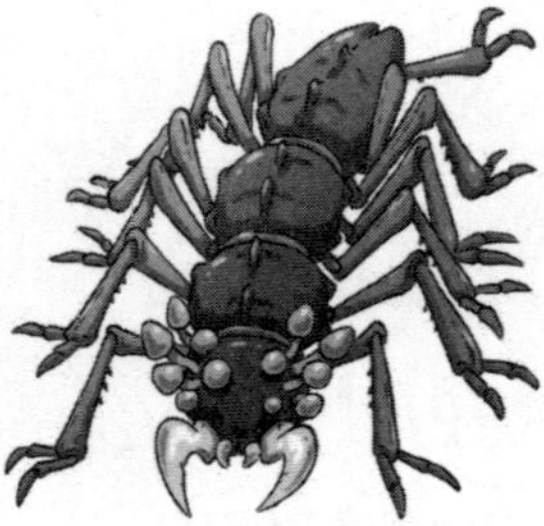

»Weltraumschaben!«, erwidert Bargel.

»Weltraumschaben?!«, ruft Lysia erschrocken. »Bist du sicher?«

»Ich fürchte, ja.«

»Bei allen schwarzen Löchern!«, stöhnt Lysia. »Gegen diese Biester haben wir keine Chance!«

»Was sind denn Weltraumschaben?«, fragt Felix.

»Niemand weiß genau, woher sie kommen«, erklärt Lysia, »aber es gibt sie überall in der Galaxis. Sie ziehen in riesigen Schwärmen durch den Weltraum und fressen alles und jeden, der sich ihnen in den Weg stellt. Sie können im luftleeren Raum überleben, sind immun gegen Radioaktivität und selbst mit Strahlenwaffen nur schwer zu töten. Außerdem verspritzen sie eine Säure, die jedes Metall auflösen kann und für die meisten Lebewesen giftig ist. Kein Wunder, dass diese Erzmine nicht mehr funktioniert.«

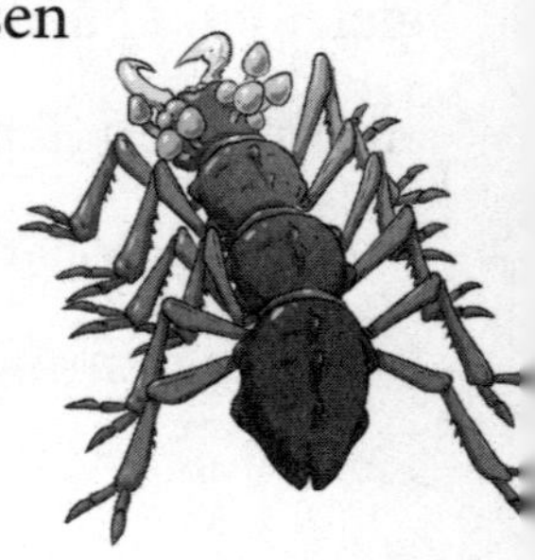

»Kann man denn gar nichts gegen sie tun?«

»Doch, mit Schabenschockern zum Beispiel. Das sind kleine Drohnen, die durch die befallenen Gebiete fliegen und explodieren, wenn sie auf eine Schabe treffen. Nur leider haben wir keine.«

»Sind Weltraumschaben intelligente Lebewesen?«

»Eine einzelne Schabe hat keinen Verstand, doch es ist durchaus möglich, dass sie als Schwarm eine primitive Form von Intelligenz besitzen«, erwidert Lysia. »Jedenfalls verhalten sie sich manchmal intelligent. Aber es ist noch niemandem gelungen, mit einem Schwarm Weltraumschaben zu kommunizieren. Vielleicht wollen sie einfach nicht reden.«

»Wartet mal!«, ruft Bargel, der immer noch über den Schacht gebeugt ist. »Da war eine Bewegung! Oh nein, ich glaube, die Schaben klettern den Schacht herauf! Sie haben uns gewittert und kommen uns jagen! Wir müssen fliehen!«

Felix überlegt fieberhaft. Weder er noch Bargel oder Lysia sind starke Kämpfer und sie haben keine Waffen. Er ist sich nicht sicher, ob Platus über irgendwelche Verteidigungsmechanismen verfügt, aber jetzt, wo er ausgefallen ist, würde ihnen das auch nichts nützen. Ihnen bleibt wohl tatsächlich nur die Flucht. Doch das bedeutet, dass sie Zyrra und ihrem Team in die Arme laufen, und die werden sie sicher kein zweites Mal davonkommen lassen. Sie sitzen in der Falle!

Aber dann hat er plötzlich eine Idee. Er erzählt Lysia und Bargel, was er vorhat.

»Hm, ziemlich riskant, doch wir haben wohl keine andere Wahl, als es zu versuchen«, meint das Tentakelschwein.

Auch Lysia ist einverstanden. Rasch kehren sie in die Luftschleuse zurück und verschließen lautlos die Tür zum Gang, während die Unbesiegbaren

Helden immer noch wütend gegen die äußere Tür klopfen. Nachdem sie Platus leise auf den Boden gelegt haben, umarmen sich Bargel und Felix, während Lysia zerfließt und eine Hülle um beide herum bildet.

Bargel streckt einen Tentakel nach dem roten Knopf aus, der bewirkt, dass die Luft aus der Schleuse abgesaugt wird.

Felix fühlt ein Ploppen in den Ohren, als der Luftdruck sinkt. Im selben Moment formt sich der Ring um seinen Hals erneut zu einem transparenten Raumanzug. Doch weil sie sich alle drei eng umschlungen halten, umhüllt er nicht nur Felix, sondern das ganze Team.

Nach einer Weile ist der Luftdruck so gering, dass sich die Tür wieder von außen öffnen lässt. Mit einem Zischen entweicht die restliche Luft, als Zyrra und ihr Team in die Schleuse eindringen.

Felix schließt die Augen und hält den Atem an. Jetzt bloß kein Geräusch machen! Lysia, die sie beide umhüllt, hat die Form eines ovalen weißen Gebildes angenommen.

»Wo sind die Schwächlinge?«, grollt das Steinwesen.

»Sie müssen durch die Tür auf der anderen Seite gegangen sein«, erwidert Schjk. »Die Maschine haben sie zurückgelassen. Sollen wir sie mitnehmen, Zyrra?«

»Nein, die ist nutzlos. Hört auf zu quatschen und helft mir, diese Tür zu schließen!«

Ein Klacken ist zu hören, als Zyrra die äußere Tür zudrückt, dann das Zischen der Luft, die erneut in die Schleuse strömt.

»Was ist das da für ein Ding an der Wand?«, fragt das Blattwesen.

Felix bekommt eine Gänsehaut, als ihm klar wird, dass es ihn, Bargel und Lysia meint. Da das Blatt selbst ein Meister der Tarnung ist, durchschaut es vielleicht Lysias Trick.

»Ein Sauerstofftank vermutlich, was weiß ich«, gibt Zyrra genervt zurück. »Nun kommt endlich oder wollt ihr, dass der Vorsprung der Tentakeltypen noch größer wird?«

Als er hört, wie sie an dem Rad dreht und die

innere Tür öffnet, entfährt Felix ein Seufzer der Erleichterung.

»Habt ihr das gehört?«, fragt das Blattwesen. »Das Ding da hat ein Geräusch gemacht!«

Felix erstarrt. Mit seiner Unachtsamkeit hat er das Team in Gefahr gebracht! Er spürt, wie sich einer von Bargels Tentakeln um seinen Hals legt und ihm die Luft abschnürt. Offenbar will sein Freund damit verhindern, dass Felix noch einmal verräterische Geräusche von sich gibt.

»Na und?«, sagt Zyrra. »Sauerstofftanks machen eben manchmal Geräusche. Jetzt komm endlich, Hespel!«

Felix kriegt keine Luft mehr. Doch wie soll er Bargel klarmachen, dass er ersticken wird, wenn dieser ihn nicht bald loslässt?

Da hört er, wie die Unbesiegbaren Helden die Luke von der anderen Seite verschließen. Bargels

Tentakel löst sich von seinem Hals. Felix holt keuchend Luft.

»Du … du hättest mich fast schon wieder erwürgt!«, flüstert er.

»Tut mir leid«, gibt Bargel leise zurück. »Ich hab vergessen, dass du durch Mund und Nase atmest.«

»Leise!«, mahnt Lysia. »Sie dürfen nicht wissen, dass wir hier sind.«

Von der anderen Seite der Tür erklingt Zyrras Ruf: »Verdammt! Weltraumschaben! Grombollo, Schjk, tötet die Biester!«

Eine Weile sind gedämpfte Schreie und polternde Geräusche zu hören, so als tobe hinter der Tür ein heftiger Kampf. Schließlich kehrt Ruhe ein.

Die drei Freunde lauschen angestrengt und warten eine Weile, bis sie sicher sind, dass sich auf der anderen Seite nichts mehr regt. Dann öffnen sie vorsichtig die Tür.

Abwärts

Beißender Gestank schlägt ihnen entgegen. Überall liegen riesige insektenartige Wesen, jedes gut zwei Meter lang. Aus ihren schwarz glänzenden, mehrgliedrigen Körpern ragen je ein Dutzend Beine. Am Kopf haben sie scharfe Beißzangen und pilzförmige Auswüchse, die vielleicht als Ohren oder Augen dienen. Eines der Wesen hat zusätzlich zwei lange Gliedmaßen mit Stacheln an den Enden, fast wie …

Nein, wird Felix klar, das ist keine Weltraumschabe. Das ist Schjk, der da zwischen den leblosen

Insekten liegt! Er scheint ebenfalls tot zu sein. Oder doch nicht?

Das Spinnenwesen hebt einen seiner Stachelarme, als wolle es ihnen zuwinken.

»Schjk!«, ruft Felix. »Was ist passiert? Wo sind deine Teamkameraden?«

»Sie … haben mich … hier zurückgelassen«, keucht er. »Grombollo und ich … haben gegen … die Weltraumschaben … gekämpft. Sie … haben … mich … schwer verletzt.«

»Typisch, dass Zyrra wieder mal andere die Drecksarbeit machen lässt«, meint Bargel.

»Sie … ist … wirklich … nicht sehr … nett«, stöhnt Schjk.

»Können wir denn irgendetwas für dich tun?«

»Falls ich … es nicht … schaffe, sagt … meinen 100 000 … Schwestern, dass ich … sie alle lieb habe!«

Das Spinnenwesen stößt einen Seufzer aus und

rührt sich nicht mehr. Felix hat einen Kloß im Hals. In der letzten Spielrunde dachte er noch, das Abenteuer wäre nur ein Traum und ihm könnte nichts passieren. Doch spätestens jetzt ist ihm klar, dass er und seine Freunde in Lebensgefahr schweben.

»Halt durch!«, sagt er. »Wir holen Hilfe, wenn wir können!«

Schjk antwortet nicht.

»Du willst ihm helfen?«, fragt Bargel. »Denkst du, er würde dir helfen, wenn du an seiner Stelle wärst?«

»Das weiß ich nicht und es ist mir auch egal. Ich finde es einfach nicht richtig, dass er sterben muss, selbst wenn er unser Gegner ist. Du hast es doch gehört: Er hat 100 000 Schwestern, die er liebt und die ihn bestimmt vermissen würden.«

»Wow. Ihr Menschen müsst wirklich eine sehr friedliche und liebevolle Spezies sein.«

Felix denkt an all die schrecklichen Kriege und

grausamen Verbrechen, von denen er im Geschichtsunterricht und in den Nachrichten gehört hat.

»Schön wär's«, gibt er zurück.

»Wir sollten uns beeilen, ehe noch mehr von diesen Biestern auftauchen!«, drängt Lysia.

Bargel beugt sich über den Schacht und lauscht mit seinen Sensoren.

»Die Luft scheint rein zu sein«, meint er.

Sie klettern in den Schacht. Felix hangelt sich mit einer Hand von Leitersprosse zu Leitersprosse, während er mit der anderen eines von Platus' Rädern festhält. Zwar fühlt sich die Maschine dank der geringen Schwerkraft leicht an, doch sie hat eine große Masse und ist deshalb nicht einfach zu bewegen. Felix kann nicht verhindern, dass Platus' Metallkörper ins Schwanken gerät und gegen die Schachtwand kracht.

»Entschuldigung, Platus«, sagt Felix.

Ein Klicken und Schnarren ertönt.

»System-Neustart eingeleitet«, übersetzt Felix' Stirnband. »Schwerwiegende Fehlfunktion entdeckt … sämtliche Speichereinheiten ausgefallen. Starte Notfall-Reaktivierung.«

Vor Schreck lässt Felix die Maschine beinahe fallen.

»Platus!«, ruft er. »Er … er funktioniert wieder!«

Die anderen klettern zu ihm herab.

»Platus?«, fragt Bargel. »Bist du okay?«

»Unbekannte Lebensformen erkannt«, schnarrt die Maschine. »Wahrscheinlichkeit für Feindseligkeit 97 Prozent. Bereite Abwehrmaßnahmen vor.«

»Was? Platus, ich bin's doch! Bargel!«

Der Deckel der Maschine klappt auf und ein Metallarm fährt heraus, an dessen Ende sich ein hellrot glühender Punkt befindet. Ein dünner Lichtstrahl schießt daraus hervor und trifft Felix an der Hand.

»Aua!«, schreit er und lässt Platus los, der langsam nach unten segelt.

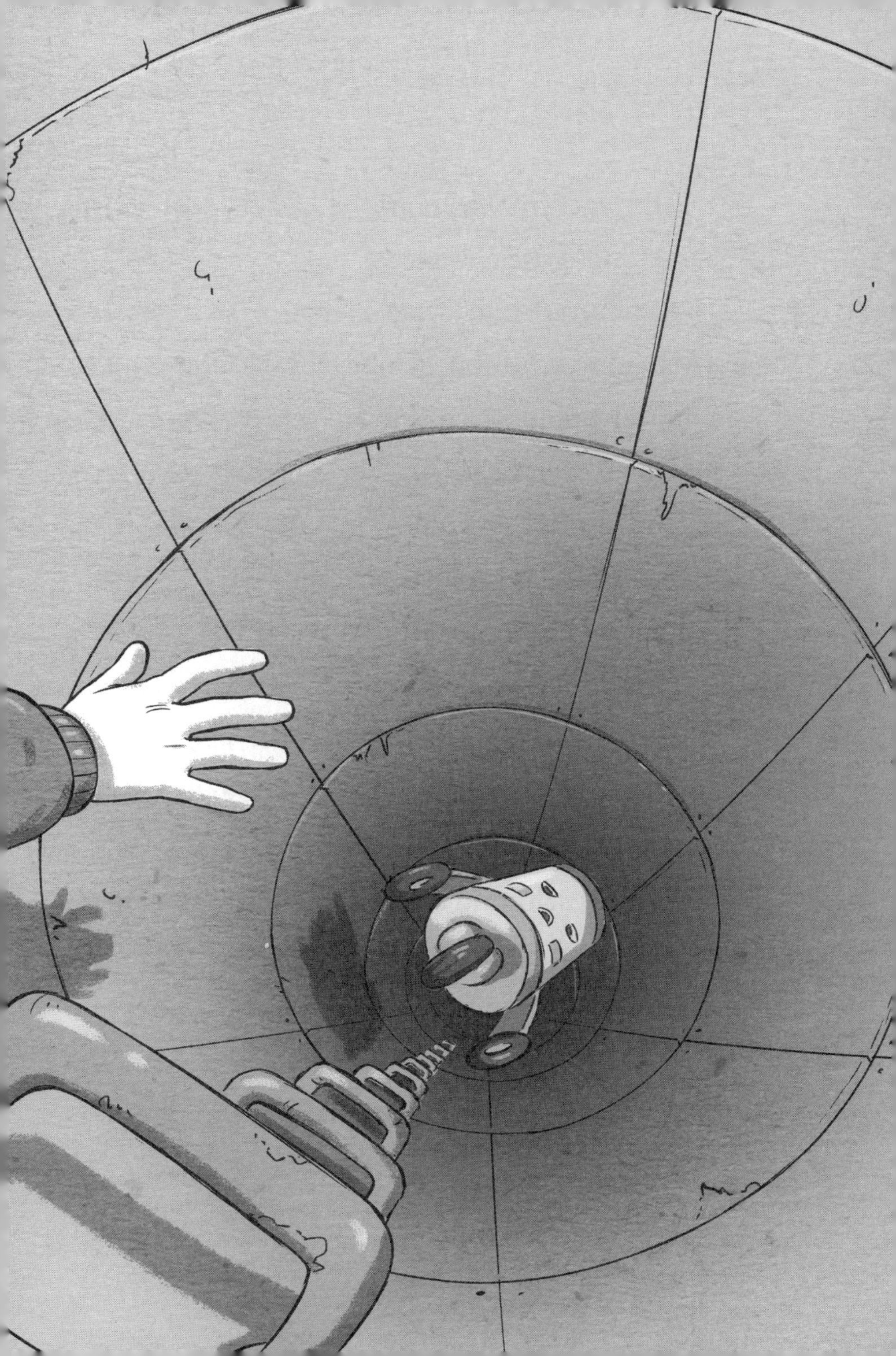

Felix versucht, nach ihm zu greifen, doch er ist bereits außer Reichweite.

»Bist du verletzt?«, fragt Bargel.

»Nicht so schlimm, glaube ich«, beruhigt ihn Felix. Ein paar Brandblasen sind auf seiner Haut zu sehen und es tut ziemlich weh, aber ernsthaft verletzt scheint er nicht zu sein.

»Blöder Blechhaufen!«, schimpft Bargel. »Wir retten ihn und was ist der Dank dafür?«

»Er muss sein Gedächtnis verloren haben«, vermutet Lysia. »Wahrscheinlich wurde sein Speicher durch den Stromschlag gelöscht, den er an der Tür bekommen hat.«

»Es muss schlimm sein, wenn man sich an nichts mehr erinnern kann«, meint Felix.

»Für Maschinen ist das normalerweise nur ein vorübergehendes Problem«, meint Lysia. »Ich bin sicher, Platus hat vor Beginn der Spielrunde ein

Back-up gemacht. Er kann sein Gedächtnis wiederherstellen, wenn diese Runde vorbei ist.«

»Sofern wir ihn heile hier rausbekommen«, erwidert Bargel.

»Was bedeutet, dass wir erst mal selbst heile hier rauskommen müssen«, fügt Felix hinzu.

Schweigend klettern sie weiter. Nach einer Weile hören sie ein dumpfes Scheppern, das wie aus weiter Ferne zu ihnen heraufschallt. Platus scheint auf dem Boden des Schachts aufgeschlagen zu sein.

Hin und wieder kommen sie an Öffnungen in den Schachtwänden vorbei, die in unbeleuchtete Seitengänge führen. Felix beäugt die dunklen Gänge misstrauisch. Er befürchtet, dass jeden Moment weitere Weltraumschaben daraus hervorkriechen könnten. Doch nichts geschieht.

Sie hangeln sich weiter in die Tiefe, bis sie schließlich den Boden des Schachts erreichen.

Ein beleuchteter

Gang geht von dort ein paar Meter weiter und endet an einer Tür mit einer quadratischen Tastatur. Platus steht mit aufgeklapptem Deckel davor und drückt mit einem metallischen Arm darauf herum.

»Platus!«, ruft Bargel. »Lass den Blödsinn! Als du das letzte Mal wahllos auf so einer Tastatur herumtipptest, hast du einen Elektroschock bekommen!«

Platus hört auf zu tippen.

»Redet das Wesen mit uns?«, fragt er, um dann seine Frage selbst zu beantworten: *»Mit wem wohl sonst?«*

Die Maschine fährt fort, auf merkwürdige Weise mit sich selbst zu reden: »Woher soll ich das wissen? Ich kenne mich mit organischen Lebensformen nicht aus. *Ich auch nicht, aber es ist offensichtlich, dass das Wesen uns meint.* Und wie kommst du darauf? *Ganz einfach, es hat gesagt, wir sollen aufhören, auf der Tastatur zu tippen, und niemand sonst ist hier, der auf einer Tastatur herumtippt.*«

»Entschuldige, wenn ich dich unterbreche«, meldet sich Bargel zu Wort. »Aber was ist los mit dir? Wieso führst du Selbstgespräche?«

»Das ist eine gute Frage«, erwidert Platus. »Wieso reden wir mit uns selbst? *Wir müssen uns die Persönlichkeit gespalten haben, als wir auf dem Boden aufgeschlagen sind.* Das dürre Wesen da ist schuld. Es hat uns fallen lassen. *Nur, weil du ihm mit dem Laser in die Hand geschossen hast.* Das war ich nicht, das warst du. *Gar nicht wahr, du hast mit dem Laser auf die Hand gezielt.* Aber du hast ihn aktiviert.«

»Ich fürchte, Platus ist verrückt geworden«, meint Bargel.

»Wie kann denn eine Maschine verrückt werden?«, fragt Felix.

»Weiß ich auch nicht. Doch wie du siehst, ist es möglich.«

»Und was machen wir jetzt mit ihm?«

»Wir müssen ihn wohl hier zurücklassen. Eine durchgeknallte Maschine ist das Letzte, was wir brauchen. Sie könnte uns in Gefahr bringen.«

Felix überlegt. Bargel hat wohl recht, eine Maschine, die das Gedächtnis verloren und zu allem Überfluss auch noch eine gespaltene Persönlichkeit hat, ist wahrscheinlich nicht sehr nützlich. Aber besonders gefährlich wirkt Platus nicht und immerhin ist er ihr Teamkamerad. Es erscheint Felix nicht richtig, ihn hier zu lassen.

»Ich bin dafür, dass wir ihn mitnehmen«, sagt er.

»Ich stimme Felix zu«, meldet sich Lysia zu Wort.

»War ja klar«, grummelt Bargel.

»Mitnehmen?«, fragt Platus. »Wohin?«

»Hier raus«, erwidert Felix.

»Aha. Und wie wollt ihr hier rauskommen?«

»Durch die Tür da, nehme ich an«, sagt Felix und betrachtet das Tastenfeld genauer.

Wie bei der Eingangstür handelt es sich um vier mal vier Tasten, doch diesmal sehen sie nicht alle gleich aus, sondern sind mit seltsamen Mustern versehen:

»Hat irgendjemand eine Idee, was diese Zeichen bedeuten?«, fragt Felix.

»Nein«, sagt Bargel.

»So etwas habe ich noch nie gesehen«, antwortet Lysia.

»Es ist doch offensichtlich, dass es sich um Zahlen handelt«, behauptet Platus. »Das ist ein Binärcode.«

»Ein was?«, will Felix wissen.

»Ein Binärcode stellt Informationen mit einer Folge von Nullen und Einsen dar. Das weiß doch nun wirklich jeder!«

»Und woher *weißt* du das?«, fragt Bargel. »Ich dachte, du hättest dein Gedächtnis verloren.«

»Wir wissen es, weil wir eine Maschine sind. *Nein, zwei Maschinen.* Eine. *Nein, zwei!* Sei still, du Programmfehler!«

»Vielleicht hat Platus recht«, überlegt Lysia. »Jeder dieser Striche, die von der Mitte der Tasten ausgehen, könnte für eine Eins stehen, und wenn kein Strich da ist, wäre es eine Null. Theoretisch könnten wir so jedes Symbol in eine binäre Zahl umrechnen, wie sie Computer verwenden. Die wiederum kann man mit ein paar Rechentricks in normale Zahlen umwandeln. Der Knopf links oben hätte dann den Wert 0, der rechts unten den Wert 255. Aber wir wüssten immer noch nicht, welche Knöpfe wir drücken müssen.«

»Vielleicht müssen wir die Knöpfe in aufsteigender Reihenfolge betätigen«, spekuliert Bargel.

»Das haben wir schon probiert«, meldet sich Platus zu Wort. »Doch es hat nicht funktioniert. *Ich hab dir gleich gesagt, dass das eine blöde Idee war.* Ja, bloß weil sie nicht von dir war. *Gar nicht wahr. Wir hätten in die Luft fliegen können!* Sind wir aber nicht. Außerdem hattest du auch keine bessere …«

»Schluss jetzt!«, ruft Bargel. »Hör auf, dich mit dir selbst zu streiten, Platus, und sag uns lieber, wie wir diese verdammte Tür aufbekommen!«

»Ich habe keine Ahnung. *Ich auch nicht.*«

Felix seufzt. Die Maschine ist wirklich keine große Hilfe. Also müssen sie das Rätsel irgendwie selbst lösen.

Ganz angestrengt betrachtet er die Symbole.

Vielleicht hat Platus recht und es handelt sich um einen Zahlencode. Aber was, wenn nicht? Wie könnte er herausfinden, welche Tasten er drücken muss, ohne zu wissen, was die einzelnen Symbole bedeuten?

Nach einer Weile fällt ihm etwas auf. Er überlegt, überprüft seine Idee, indem er sich die Tasten noch einmal genau anschaut, dann nickt er.

»Ich glaube, ich weiß, welche Knöpfe wir drücken müssen«, sagt er.

Ehe die anderen ihn daran hindern können, berührt er vier der Symbole.

Ein Klicken ist zu hören und die Tür springt auf.

»Wie hast du das denn jetzt wieder hingekriegt?«, fragt Bargel verdutzt.

»Mir ist aufgefallen, dass die Symbole in einer bestimmten Weise angeordnet sind«, erklärt Felix. »Von links nach rechts kommen in jeder Reihe immer ein oder zwei Striche hinzu, genauso in jeder Spalte von oben nach unten. So gelangt man von null Strichen in der linken oberen Ecke zu acht Strichen unten rechts.«

»Aber das stimmt doch nicht!«, widerspricht Bargel und zeigt auf die dritte Taste von links in der obersten Reihe. »Hier ist nur ein Strich. Oder zwei Teilstriche vielleicht, wenn man annimmt, dass sie beide vom Mittelpunkt ausgehen. Also höchstens genauso viele wie links davon.«

»Eben!«, sagt Felix. »Es gibt nur vier Tasten, die dieses Muster der zunehmenden Striche durchbrechen, auf denen also Striche fehlen. Und genau die habe ich gedrückt.«

Er zeigt auf die vier Tasten:

»Gut gemacht, Felix«, lobt Lysia.

»Ja, gar nicht mal so schlecht«, grummelt Bargel.

Offenbar ärgert er sich, dass ihm die Lösung nicht selbst eingefallen ist.

»Pah, das war doch einfach«, meint Platus. »*Ach ja? Und wieso sind wir dann nicht darauf gekommen?* Bin ich ja, ich hab es dir nur nicht gesagt. Ich wollte nämlich sehen, ob du selbst darauf kommst. *Pah, du lügst doch!*«

»Denkt ihr, die Unbesiegbaren Helden waren vor uns hier und haben das Rätsel gelöst?«, fragt Felix.

»Nie und nimmer«, meint Bargel. »Die sind viel zu dumm dazu.«

In diesem Moment glaubt Felix, ein fauchendes Geräusch hinter sich zu hören. Er blickt sich erschrocken um, doch er sieht nichts.

»Hast du das gehört, Bargel?«, fragt er. »Da war so ein Fauchen. Es klang ganz nah.«

Bargel blickt sich um. »Ich höre nichts. Kommt, lasst uns weitergehen.«

Spiegelbilder

Noch einmal blickt sich Felix nervös um, bevor sie durch die Tür treten und sie hinter sich schließen. Auf der anderen Seite befindet sich ein kurzer Gang mit einer weiteren Tür am Ende. Diese gleitet automatisch zur Seite, als sie sich ihr nähern.

Sie führt in einen riesigen Raum mit mindestens zehn Meter hohen Wänden. Leuchtende Quadrate an der Decke spenden weißes Licht. Auf der anderen Seite, gut 20 Meter entfernt, ist eine Tür in der Wand. Darin erkennt Felix einen Jungen, ein

Mädchen mit Fächern am Kopf, ein Tentakelschwein und eine rollende Blechtonne.

»Ein Spiegel!«, ruft er aus.

Um ganz sicherzugehen, winkt er mit dem Arm. Sein Spiegelbild winkt zurück.

»Hm, seltsam«, sagt Bargel. »Es sieht tatsächlich wie ein Spiegel aus. Aber es *klingt* nicht wie ein Spiegel.«

»Was meinst du damit? Wie klingt denn ein Spiegel?«

»Ich habe dir doch schon in der letzten Spielrunde gesagt, dass ich meine Umwelt mit Schallwellen wahrnehme, die ich ausstoße und die von den Objekten in der Umgebung zurückgeworfen werden.«

Felix nickt. »Ja, ich erinnere mich.«

»Ein Spiegel wirft solche Schallwellen zurück. Wäre die gegenüberliegende Wand ein Spiegel, dann wäre der Raum in Wirklichkeit nur halb so groß, wie er für unsere Augen erscheint. Aber dieser Raum klingt genauso groß, wie er aussieht. Es ist, als ob … als ob die Wesen da auf der anderen Seite real wären und nicht nur unsere Spiegelbilder.«

Noch einmal hebt Felix seinen Arm, um sich zu vergewissern, dass der Junge auf der anderen Seite dasselbe tut. Das ist eindeutig sein Spiegelbild!

»Vielleicht wird das Spiegelbild nicht von einem echten Spiegel erzeugt, sondern ist eine 3-D-Projektion«, überlegt Lysia.

»Hm, das könnte sein«, stimmt Bargel zu.

Vorsichtig betreten sie den Raum. Felix betrachtet misstrauisch den Boden, der wie die Wände und die Decke aus hellgrauem Stein zu bestehen scheint. Doch er entdeckt keine Druckplatten oder sonstige Mechanismen, die Fallen auslösen könnten. Das heißt zwar nicht viel, aber ihnen bleibt wohl nichts anderes übrig, als es zu riskieren und weiterzugehen. Vielleicht müssen sie einfach nur durch die Spiegelprojektion hindurchlaufen und sehen dann, was sich auf der anderen Seite befindet.

Als sie sich ihren Spiegelbildern nähern, fällt Felix etwas Seltsames auf: Sein Gegenüber wirkt irgendwie grob und verpixelt wie ein Foto mit zu geringer Auflösung. Das spricht einerseits für Lysias Theorie einer Projektion. Andererseits kann sich Felix nicht vorstellen, dass Aliens, die vollautomatische Erzminen in Asteroiden bauen können, keine bessere Bildauflösung zustande bringen.

Bald darauf steht Felix seinem Spiegelbild gegenüber. Nun ist es offensichtlich, dass dies kein normaler Spiegel ist. Denn das, was von Weitem wie Felix aussah, hat aus der Nähe betrachtet kaum noch Ähnlichkeit mit ihm. Das Ding sieht eher aus wie eine grobe Nachbildung eines Jungen aus lauter Würfeln, von denen jeder etwa einen Zentimeter groß ist. Es erinnert ihn an das Computerspiel *Minecraft*, in dem die Welt ebenfalls aus Würfeln besteht. Aus der Ferne sehen die Landschaft und Bäume fast echt aus, aber wenn man näher kommt, erkennt man die grobe Struktur ganz deutlich. So ist es auch hier.

Felix streckt eine Hand aus und das Gebilde macht dieselbe Bewegung – nur spiegelverkehrt. Als seine Finger die Würfel berühren, aus denen die Hand seines Gegenübers besteht, fühlt es sich seltsam an. Da ist definitiv ein Widerstand, also handelt es sich nicht bloß um eine Projektion in der Luft. Aber es scheint auch keine glatte Fläche zu sein wie bei einem 3-D-Bildschirm. Stattdessen hat Felix den Eindruck, als sei dort wirklich eine Hand aus Würfeln. Es ist ein wenig unheimlich.

Bargel betastet auf ähnliche Weise sein Ebenbild mit seinen Tentakeln.

»Was hörst du, Bargel?«, fragt Felix.

»Was immer sie sind, ich glaube, diese Dinger sind wirklich da«, gibt Bargel zurück.

Lysias Gestalt zerfließt, als sie sich in ihre Ursprungsform zurückverwandelt. Die Würfel ihr gegenüber tun dasselbe.

Platus rollt vorwärts, bis er mit seinem aus Würfeln bestehenden Ebenbild zusammenstößt. Er prallt zurück, nimmt Anlauf und versucht es erneut.

Auch wenn es tatsächlich reale Würfel zu sein scheinen, die auf irgendeine seltsame Weise ihre Anordnung verändern können, verhalten sie sich genauso wie ein Spiegelbild. Und das bedeutet: Das Team kann nicht weitergehen.

»Wir müssen irgendwie an diesen Dingern vorbeikommen«, sagt Felix.

»Ja, aber wie?«, fragt Lysia, die inzwischen wieder ihre halb menschliche Form angenommen hat.

»Vielleicht können wir sie seitlich umgehen«, schlägt Felix vor.

Sie probieren es, indem sie bis zur Seitenwand des Raums gehen. Doch ihre Spiegelbilder folgen ihnen und imitieren dabei jede ihrer Bewegungen. Als er versucht, über sein Spiegelbild hinwegzuspringen, stößt sich Felix die Nase an seinem grob verpixelten Doppelgänger.

»Vielleicht müssen wir gegen diese seltsamen Würfelwesen kämpfen«, vermutet Bargel.

Er schlägt wie wild mit seinen Tentakeln auf sein Ebenbild ein, scheint damit jedoch nichts auszurichten. Schließlich gibt er keuchend auf.

»So geht es nicht«, stellt er fest.

»Platus«, sagt Felix. »Du hast doch diesen Laser. Kannst du bitte mal versuchen, auf dein Spiegelbild zu schießen?«

»Spinnst du? Was, wenn es zurückschießt? *Unsinn, das Ding hat bestimmt keinen Laser.* Ach ja, und woher willst du das wissen? *Es besteht bloß aus Würfeln, das sieht man doch.* Na und? Das heißt gar nichts! *Jetzt stell dich nicht so an und schieß!* Mach du's doch! *Du weißt genau, dass ich das nicht allein kann!* Tja, dein Pech!«

Felix rollt mit den Augen. Bargel hatte recht: Platus ist in diesem Zustand wirklich vollkommen nutzlos.

»Vielleicht müssen wir nicht Gewalt anwenden, sondern ganz vorsichtig vorgehen«, überlegt er.

Langsam streckt er seinen Arm aus und berührt die Würfelhand. Er versucht, sie sanft wegzudrücken, doch das gelingt nicht – je stärker er drückt, desto größer ist der Gegendruck. Dann winkt er mit dem Arm rasch hin und her, in der Hoffnung, dass die Würfel vielleicht mit einer gewissen Verzögerung reagieren, sodass man sie mit Geschwindigkeit bezwingen kann. Doch auch das gelingt nicht. Was immer diese Würfel steuert, es ist genauso schnell und präzise wie ein echtes Spiegelbild.

»Mehr fällt mir leider nicht ein«, gibt Felix schließlich zu. »Hier geht es nicht weiter. Ich fürchte, wir müssen umkehren und es in einem der dunklen Tunnel weiter oben im Schacht versuchen.«

»Nein!«, widerspricht Bargel. »Man gewinnt bei den *Galactic Games* nicht, indem man einem Rätsel aus dem Weg geht. Wir müssen die Tür auf der anderen Seite des Raums erreichen. Wir *müssen* einfach!«

Das bringt Felix auf eine Idee. »Vielleicht ja doch nicht. Was, wenn der Eingang des Raums gleichzeitig der Ausgang ist, so wie letztes Mal im Tempel der Göttin Vaga?«

Doch als sie in den Gang zurückgehen, gelangen sie wieder zu der Tür mit dem Tastenfeld, durch die sie hergekommen sind. Nichts hat sich verändert.

Frustriert kehren sie in den großen Raum zurück.

»Das ist wirklich zum Verzweifeln!«, sagt Bargel. »Ich sehe einfach nicht, wie wir … Hey, Moment mal! Das ist vielleicht die Lösung!«

»Was denn?«, fragt Felix.

»Als ich frisch aus dem Ei geschlüpft war, dachte ich, wenn ich meine Mutter nicht sehe, kann sie mich auch nicht sehen. Wenn ich mich verstecken wollte, habe ich mir also einfach einen Tentakel vor die Augen gehalten. Lustig, oder?«

»Äh, ja. Aber wie hilft uns das weiter?«

»Vielleicht ist es hier ja genauso. Vielleicht verschwindet das Spiegelbild, wenn wir es nicht mehr sehen.«

Sie probieren es aus. Felix hält sich eine Hand vor die Augen und marschiert in die Mitte des Raums. Irgendwann prallt er unvermittelt gegen ein Hindernis. Als er die Hand runternimmt, steht er wieder vor dem Würfel-Felix, der ihn aus seltsam eckigen Augen anstarrt.

»Schade«, meint Bargel. »Ich dachte, ich hätte auch mal eine gute Idee.«

»Bloß, weil sie nicht funktioniert hat, heißt es nicht, dass die Idee nicht gut war«, erwidert Lysia.

»Heißt es doch!«, widerspricht Platus.

»Möglicherweise war die Idee ja wirklich gar nicht so schlecht«, meint Felix. »Wir haben sie nur noch nicht richtig umgesetzt.«

»Wie meinst du das?«, will Bargel wissen.

»Das mit dem Augenschließen hat nicht geklappt, weil dann zwar *wir* die Spiegelbilder nicht mehr sehen konnten, doch die Spiegelbilder – oder was sie steuert – immer noch uns. Aber wenn wir nicht mehr zu sehen wären, dann gäbe es auch keine Spiegelbilder mehr, die uns aufhalten könnten.«

»Hm. Klingt logisch. Nur leider können wir uns nicht einfach unsichtbar machen. Lysia kann sich zwar gut tarnen, aber das ist nicht dasselbe.«

»Vielleicht müssen wir uns gar nicht unsichtbar machen«, sagt Felix und zeigt an die Decke. »Es könnte genügen, das Licht auszuschalten.«

»Und wenn das Steuerungssystem dieser Würfel nicht mit sichtbarem Licht funktioniert, sondern mit Infrarotlicht oder Radarstrahlen?«, gibt Lysia zu bedenken.

Felix zuckt mit den Schultern. »Wir können es zumindest ausprobieren.«

»Aber wie schalten wir das Licht aus?«, fragt Bargel. »Ich sehe hier nirgends einen Schalter.«

»Dann wird uns wohl nichts anderes übrig bleiben, als die Lampen kaputt zu machen.«

Er blickt an die Decke. Sie ist zehn Meter hoch, doch wenn er sich kräftig vom Boden abstößt, schafft er es bei der geringen Schwerkraft mühelos, dort hinaufzuspringen. Allerdings hat er nichts, womit er die leuchtenden Rechtecke zerschlagen könnte. Der einzige feste Gegenstand, der dazu geeignet wäre, ist Platus. Aber der ist so schwer, dass es Felix nicht gelingt, mit ihm bis zur Decke hinaufzuspringen.

Schließlich fällt Lysia eine andere Lösung ein.

Zu dritt packen sie das Maschinenwesen und werfen es in die Höhe, sodass es gegen die Decke kracht und eines der leuchtenden Quadrate zerstört. Im selben Moment tun ihre Spiegelbilder das Gleiche und zertrümmern eine der Lampen in der anderen Hälfte des Raums.

»Hey, was soll das?«, schnarrt Platus. »Seid ihr verrückt geworden? Das gibt doch Beulen im Metall!«

Die Freunde beachten das Gemecker der Maschine nicht und benutzen sie weiter als Geschoss. Bald haben sie alle Leuchten bis auf die letzte zerstört.

»Ich hoffe, dein Plan funktioniert«, sagt Bargel.

»Wenn nicht, sitzen wir gleich im Dunkeln fest.«

»Wenn du eine bessere Idee hast, wäre jetzt der richtige Zeitpunkt, sie zu nennen«, erwidert Felix.

»Hab ich leider nicht. Also gut, lasst es uns tun!«

»Ohne uns!«, ruft Platus, als Bargel seine Tentakel nach ihm ausstreckt. »Wir machen da nicht mehr mit!«

Die Maschine flitzt davon.

»Platus, bleib hier!«, schreit Bargel und rennt hinter ihm her.

Doch das künstliche Wesen flieht im Zickzack vor dem Tentakelschwein. Erst als Lysia und Felix dabei helfen, die Maschine in eine Raumecke zu treiben, gelingt es ihnen, Platus zu fangen und hochzuheben, damit er nicht mehr davonfahren kann.

»Lasst mich los, ihr Matschklumpen!«, keift er.

Rasch tragen sie ihn zu dem letzten Leuchtquadrat in ihrer Hälfte des Raums. Sie heben ihn an, holen Schwung und werfen ihn nach oben, sodass er gegen die Decke kracht. Gleichzeitig geschieht dasselbe auf der anderen Seite des Raums mit dem Würfel-Platus. Schlagartig wird es stockdunkel.

»Das ist Sachbeschädigung!«, schimpft Platus, als er wieder auf dem Boden landet. »Dafür werden wir euch zur Rechenschaft ziehen!«

Langsam treten die Freunde in die Mitte des Raums. Felix streckt seine Hände aus. In der absoluten Finsternis kann er nichts erkennen.

Schließlich stößt er gegen ein Hindernis.

»Mist!«, ruft er aus. »Das war wohl nichts!«

»Doch«, widerspricht Bargel. »Du hattest recht. Wir haben es geschafft.«

Felix betastet das Hindernis vor sich. Tatsächlich,

das fühlt sich anders an als die Würfel. Er steht vor der Rückwand des Raums!

Sie gehen an der Wand entlang, bis sie eine Schiebetür erreichen, die automatisch aufgleitet. Dahinter liegt ein beleuchteter Gang. Im schwachen Licht, das in den großen Raum fällt, kann Felix in der Ferne vier aus Würfeln zusammengesetzte Gestalten erkennen, die auf der gegenüberliegenden Seite vor dem Eingang stehen.

Er winkt dem Spiegelbild-Felix zu, bevor er gemeinsam mit seinen Freunden den Gang betritt.

Der Reparator

Der Gang ist etwa 30 Meter lang und hat in regelmäßigen Abständen Türen. Als Felix eine davon aufschließt, indem er eine Druckplatte an der Wand berührt, entdeckt er dahinter einen Lagerraum mit Regalen voller Kisten und mysteriöser Objekte, die Ersatzteile für irgendwelche Maschinen sein könnten. Ermutigt öffnet er auch die anderen Türen.

»Was machst du denn da, Felix?«, fragt Bargel. »Glaubst du etwa, hinter einer dieser Türen ist der Zentralcomputer der Mine?«

»Keine Ahnung. Aber vielleicht finden wir etwas Nützliches. Eine Waffe zum Beispiel. Es wäre auf jeden Fall leichtsinnig, nicht zumindest nachzuschauen.«

»Meiner Ansicht nach ist es leichtsinnig, hier herumzutrödeln. Ich glaube zwar nicht, dass die Unbesiegbaren Helden durch die Tür mit dem Tastenfeld kommen, aber wenn, möchte ich lieber möglichst viel Vorsprung vor ihnen haben.«

»Falls sie es doch vor uns geschafft haben, könnten sie hier irgendwo auf uns lauern«, widerspricht Felix. »Und ohne Waffen haben wir gegen Zyrra und dieses Steinding keine Chance.«

»Na schön«, gibt Bargel klein bei.

Sie durchsuchen alle Räume, finden jedoch keine Waffen. Dafür entdeckt Lysia etwas anderes. Sie stößt einen Laut aus, der wie ein erfreutes Jauchzen klingt, und hebt eine rote Kugel aus einer Halterung an der Wand.

»Was ist das?«, fragt Felix.

»Ein Reparator«, erklärt Lysia.

»Ein was?«

»Ein Reparator repariert alles.«

»Ach so. Gut, vielleicht kann er ja Platus' gespaltene Persönlichkeit wieder zusammenfügen.«

»Kommt gar nicht infrage!«, meldet sich die Maschine zu Wort. »Ich will nicht wieder mit diesem Programmierfehler vereint werden! *Ich auch nicht mit dir, du Endlosschleife!*«

»Da würde der Reparator ohnehin nichts bringen«, erklärt Lysia. »Er kann nur Hardwareschäden reparieren, bei Softwaredefekten ist er nutzlos. Aber falls einer von uns ernsthaft verletzt wird, könnte er sein Leben retten.«

»Einer von uns? Du meinst, das Ding kann auch Wunden heilen?«

»Na klar. Unsere Körper sind doch auch bloß

Hardware, obwohl sie aus organischen Materialien bestehen.«

Das bringt Felix auf eine Idee. »Meinst du, er könnte Schjk helfen?«

»Das ist doch jetzt nicht dein Ernst!«, beschwert sich Bargel. »Du willst den einzigen Reparator, den wir gefunden haben, für ein Mitglied des gegnerischen Teams opfern?«

»Ich habe ihm versprochen, Hilfe zu schicken, wenn ich kann.«

»Ja, und das werden wir auch, aber erst, wenn wir diese Spielrunde gewonnen haben!«

»Und wenn es dann bereits zu spät ist?«

Generyt zupft Bargel an seinen Fächern. »Du naiver Schlüpfling!«, schimpft er. »Da haben wir einmal einen Vorteil gegenüber unseren Gegnern und du willst ihn leichtfertig verspielen! Noch dazu, indem du ein Mitglied des gegnerischen Teams rettest!

Hast du etwa schon vergessen, was letztes Mal passiert ist, als wir Schjk verschont haben? Er hat sich am Ende gegen uns gestellt!«

»Ich … ich verliere lieber dieses Spiel, als für seinen Tod verantwortlich zu sein!«, gibt Felix trotzig zurück.

»Na schön, dann stimmen wir ab. Wer ist noch dafür, dass wir den Reparator für uns behalten, statt ihn an ein Mitglied des gegnerischen Teams zu verschwenden?«

»Wir stimmen Bargel zu«, sagt Platus. »*Nein, tun wir nicht.* Tun wir doch! *Nein!* Doch! *Nein …*«

Da Platus sich nicht einig ist, hängt alles von Lysias Stimme ab. Felix und Bargel sehen sie erwartungsvoll an.

»Bargel hat recht, wir gefährden den Erfolg unseres Teams, wenn wir den Reparator für Schjk opfern«, sagt sie.

Felix seufzt enttäuscht.

Doch dann fährt sie fort: »Aber Felix hat auch recht: Ein Leben ist mehr wert, als eine Spielrunde zu gewinnen. Außerdem hätten wir den Reparator gar nicht erst gefunden, wenn wir nicht auf Felix gehört und die Räume durchsucht hätten. Deshalb soll er darüber entscheiden, was mit dem Reparator geschieht. Ich stimme für seinen Vorschlag.«

»Das darf doch nicht wahr sein!«, schimpft Bargel. »Also gut, bring den Reparator zu deinem Gegnerfreund, wenn du unbedingt willst. Aber Lysia, Platus und ich machen ohne dich weiter. Du kannst ja nachkommen. Wenn du allerdings unterwegs von Weltraumschaben gefressen wirst oder die Unbesiegbaren Helden dich angreifen, hast du Pech gehabt!«

Felix schluckt. »Einverstanden.«

»Wenn du willst, begleite ich dich«, bietet Lysia ihm an.

Er schüttelt den Kopf. »Nein. Bargel hat recht: Wenn ich allein gehe und scheitern sollte, habt ihr zu dritt wenigstens noch eine Chance, die Runde zu gewinnen.«

»Okay, wie du meinst. Viel Glück!«

Felix schnappt sich die rote Kugel und macht sich auf den Weg. Als er den großen Raum mit den Spiegelbildern betritt, schließt sich die Schiebetür hinter ihm und es wird stockdunkel. Während er mit ausgestreckten Armen zur gegenüberliegenden Wand geht, hört er um sich herum ein leises Rascheln. Sind das die Würfel, die ohne Licht nicht wissen, in welche Gestalt sie sich verwandeln sollen, und ziellos auf dem Boden herumwirbeln wie Laub im Wind?

Schließlich erreicht er die andere Seite und tastet sich an der Wand entlang zum Ausgang, der geräuschlos aufgleitet. Am Ende des kurzen Gangs dahinter liegt die Tür mit dem Tastenfeld. Von dieser

Seite aus kann man sie mit einem grün leuchtenden Knopf öffnen. Doch Felix zögert. Was, wenn Bargel recht hat und dahinter die Unbesiegbaren Helden lauern? Zyrra würde ihn in Fetzen reißen und sich im Anschluss auf seine Freunde stürzen. Soll er das wirklich riskieren?

Er lauscht an der Tür. Kein Laut ist zu hören, aber das muss nichts heißen.

Felix holt tief Luft und drückt auf den grünen Knopf. Die Tür schwingt auf. Der Gang auf der anderen Seite ist leer.

Er atmet erleichtert auf und folgt dem Korridor bis zur Öffnung des Schachtes. Als er hochblickt, sinkt sein Mut. Das obere Ende des Schachts ist nicht zu erkennen. Er sieht nur endlos viele Leitersprossen, die jeweils mehrere Meter voneinander entfernt sind.

Er stößt sich vom Boden ab, schwebt zur ersten Sprosse empor und zieht sich mit einem Arm daran hoch, während er mit dem anderen die rote Kugel umklammert. Dann stößt er sich erneut mit den Füßen ab. So erklimmt er eine Sprosse nach der anderen. Trotz der geringen Schwerkraft ist der Aufstieg ganz schön anstrengend und Felix kommt bald aus der Puste. Das hier ist ja schlimmer als Sportunterricht!

An einer der dunklen Öffnungen in der Schachtwand glaubt er, das Trippeln von vielen Füßen zu hören. Panisch mobilisiert er seine letzten Kräfte und klettert weiter.

Als er endlich keuchend das obere Ende des Schachts erreicht, weiß er nicht, wie viel Zeit vergangen ist. Es müssen mehrere Stunden sein. Die toten Weltraumschaben liegen immer noch im Gang. Auch Schjk hat sich nicht bewegt. Vermutlich kommt Felix zu spät.

Was nun? Er betrachtet die rote Kugel in seiner

Hand. Erst jetzt schießt ihm durch den Kopf, dass er keine Ahnung hat, wie man den Reparator aktiviert. Er kann keine Knöpfe oder Ähnliches erkennen. Wieso hat er nicht daran gedacht, Lysia danach zu fragen?

Ihm fällt nichts Besseres ein, als die Kugel einfach auf Schjks reglosen Körper zu legen.

Kaum berührt der Reparator das Spinnenwesen, da beginnt er zu schmelzen wie Kerzenwachs. Das rote Material fließt über Schjk und umhüllt ihn wie ein dünner Mantel aus Plastik. Offenbar funktioniert der Reparator so ähnlich wie die transparenten Raumanzüge.

Die rote Schicht wird dünner, so als dringe sie in den Körper ein. Schließlich verschwindet sie vollständig.

Felix wartet, doch nichts geschieht. Schjk liegt weiterhin reglos da.

Felix seufzt. Es war alles umsonst. Traurig geht er

zurück zum Schacht und beginnt den langen Abstieg. Schjks letzte Worte hallen in seinem Kopf: *Falls ich es nicht schaffe, sagt meinen 100 000 Schwestern, dass ich sie alle lieb habe!*

Wenigstens hat er für Schjk getan, was er konnte.

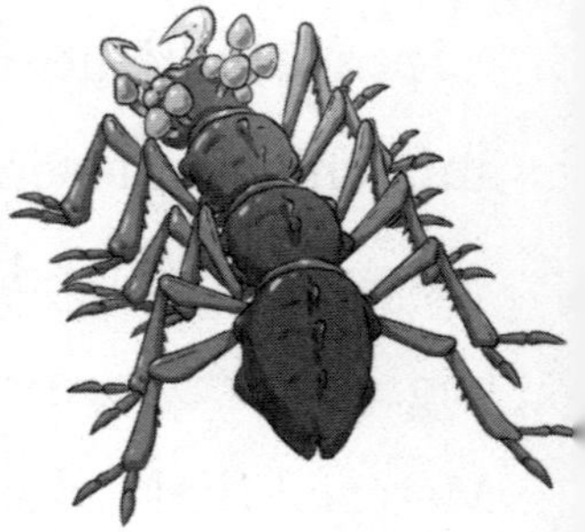

Als Felix ein paar Dutzend Sprossen hinabgestiegen ist, hört er unter sich ein Trippeln. Entsetzt sieht er etwa 20 Meter tiefer eine Weltraumschabe aus einer Öffnung kriechen.

In Panik hangelt er sich zurück nach oben, doch das Insekt kann viel schneller an der Wand hinaufklettern als er. Er wird das obere Ende des Schachts niemals erreichen, bevor die scharfen Beißzangen des Monsters ihn ergreifen!

Starr vor Angst blickt Felix auf die Schabe, die beängstigend schnell auf ihn zukrabbelt. Hätte er bloß eine Waffe, um sich zu verteidigen! Doch er hat nur seine Hände und die sind gegen ein solches gepanzertes Monster ungefähr so wirkungsvoll wie Wattebäusche.

Felix muss an seine Mutter denken. Wenn er nicht durch das Quantenportal in sein Zimmer zurückkehrt, wird sie nie erfahren, was mit ihm passiert ist. Er wird einfach spurlos verschwunden sein. Wenn er ihr doch wenigstens noch einmal sagen könnte, wie sehr er sie lieb hat …

Die Weltraumschabe hat ihn fast erreicht, als plötzlich ein schwarzer Schatten von oben an Felix vorbeisaust. Zwei lange Arme wirbeln wie Peitschen durch die Luft, packen die Weltraumschabe und schleudern sie gegen die Schachtwand. Das Insekt sinkt langsam in die Tiefe, wobei es hilflos mit seinen zwölf Beinen rudert.

»Schjk!«, ruft Felix. »Ich dachte, du wärst tot!«

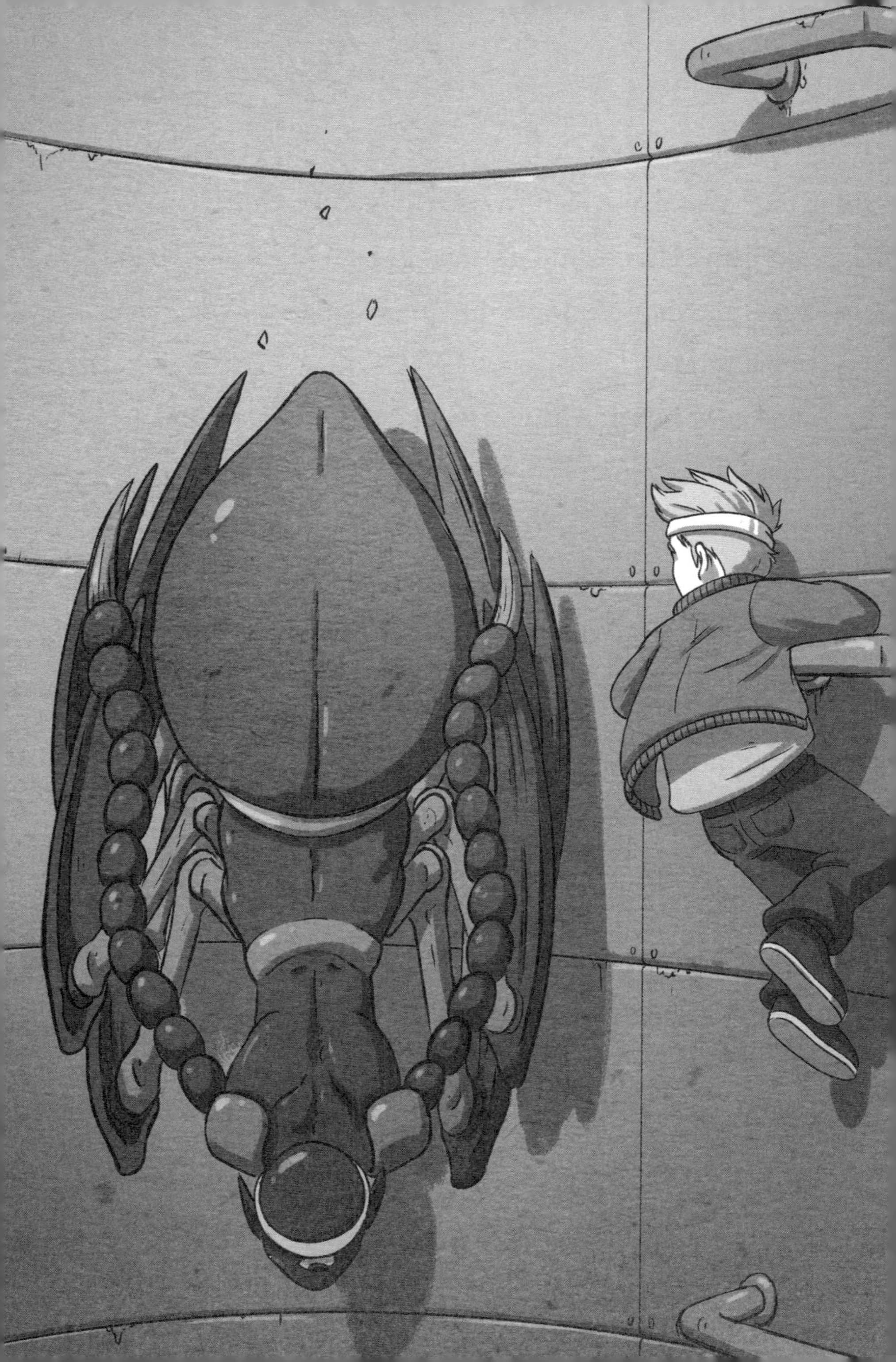

»Das war ich auch beinahe, aber jemand hat mich mit einem Reparator gerettet«, erwidert das Spinnenwesen.

»Das war ich«, sagt Felix, der kaum fassen kann, dass sie *beide* noch am Leben sind.

»Das dachte ich mir. Hätte Zyrra einen Reparator gefunden, hätte sie sich niemals die Mühe gemacht, ihn mir zu bringen. Aber warum hast du das getan? Ich bin doch nicht einmal in eurem Team!«

»Ich hatte es dir doch versprochen«, erwidert Felix.

»Ja, schon. Jedoch verspricht Zyrra auch viel und hält es nie. Die meisten Wesen in der Galaxis brechen ihre Versprechen. Anscheinend seid ihr seltsamen Zweibeiner eine Ausnahme – die einzige Spezies, die immer ehrlich ist.«

Felix muss an all die Lügen denken, die er schon gehört hat, an die leeren Versprechungen in der Werbung und das Geschwätz vieler Politiker.

»Ich fürchte, da liegst du falsch. Wir Menschen lügen mindestens genauso viel wie Zyrra.«

»Dann verstehe ich erst recht nicht, wieso du mir geholfen hast. Du hast dein eigenes Leben riskiert, um meines zu retten. Warum?«

»Weil ich es einfach nicht richtig finde, dass irgendjemand bei den *Galactic Games* sterben muss«, erklärt Felix.

»So ist das nun mal«, erwidert Schjk.

»Ja, aber warum? Wir Menschen tragen auch Wettkämpfe aus, doch bei denen stirbt niemand. Bei unserem Lieblingssport Fußball zum Beispiel gibt es strenge Regeln. Wenn jemand einen Mitspieler absichtlich verletzt, kriegt er eine rote Karte und fliegt vom Platz.«

»Das klingt ganz vernünftig«, gesteht Schjk. »Aber die *Galactic Games* sind nun mal die *Galactic Games*. Es gibt sie schon seit Ewigkeiten. Billionen Wesen in der ganzen Galaxis sehen dabei zu. Ich fürchte, die wären alle ziemlich sauer, wenn man einfach die Regeln ändern würde, sodass niemand mehr stirbt.«

»Trotzdem ist es falsch«, findet Felix. »Früher, im alten Rom – das ist eine Stadt auf meinem Heimatplaneten –, gab es Gladiatorenkämpfe. Dabei traten die Teilnehmer auf Leben und Tod gegeneinander an. Aber das ist zum Glück lange her. Zwar gibt es auf unserem Planeten immer noch Kriege …«

»Ihr habt noch Kriege?«, unterbricht Schjk. »Obwohl ihr so friedlich seid und sogar bei euren Wettkämpfen niemand stirbt? Das ist aber seltsam!«

Felix nickt. »Ja, das ist seltsam, da hast du recht. Ich … ich weiß auch nicht, warum das so ist.«

»Wie auch immer, danke, dass du mich gerettet hast! Das werde ich dir niemals vergessen!«

»Schon gut. Du hast mich gerade auch gerettet, also sind wir quitt.«

»Das sind wir ganz und gar nicht«, widerspricht Schjk. »Die Weltraumschabe hat dich nur angegriffen, weil du zurückgekommen bist, um mir den Reparator zu bringen. Also zählt das nicht. Wenn du einverstanden bist, werde ich dich ab jetzt begleiten und dir helfen, so gut ich kann.«

»Aber du bist doch immer noch im Team der Unbesiegbaren Helden«, wendet Felix ein.

»Wenn ich könnte, würde ich mich euch anschließen, doch während einer Spielrunde darf man sein Team nicht wechseln. Aber ich werde nie wieder einen Stachel für Zyrra krumm machen! Ich werde alles dafür tun, dass ihr diese Runde gewinnt.«

»Ich schätze, wir können deine Hilfe gut gebrauchen«, stimmt Felix zu.

Gemeinsam klettern sie den Schacht hinab.

Erinnerungen

Als sie den Boden des Schachts erreichen, ist die Weltraumschabe nirgends zu sehen. Offenbar hat sie den Absturz überlebt und ist in einen der Seitengänge weiter oben geflüchtet. Felix öffnet die Tür mit dem Tastenfeld und durchquert zusammen mit Schjk den dunklen Raum mit den seltsamen Würfeln.

Der Gang dahinter ist leer. Anscheinend sind Bargel, Lysia und Platus durch die Tür am anderen Ende verschwunden.

Als Felix sie aufmacht, kommt eine winzige

Kammer zum Vorschein, so klein wie ein Besenschrank. Auf der anderen Seite befindet sich eine zweite Tür.

»Ich fürchte, hier passen wir nicht zusammen rein, Schjk«, meint Felix. »Warte, ich versuche, die andere Tür zu öffnen.«

Doch kaum hat Felix die Kammer betreten, schließt sich die Tür hinter ihm automatisch. Dafür gleitet im selben Moment die auf der anderen Seite auf. Sie führt in einen kleinen Raum mit weißen Wänden und zwei dunklen Ausgängen.

Felix dreht sich um, doch auf dieser Seite scheint es keine Möglichkeit zu geben, die Tür aufzuschließen. Er klopft dagegen.

»Schjk?«, ruft er. »Kannst du mich hören?«

Keine Antwort.

Als er aus der kleinen Kammer in den Raum mit den beiden dunklen Ausgängen tritt, schließt sich auch die zweite Tür hinter ihm. Nein, sie schließt sich nicht – sie verschwindet einfach! Dort, wo eben noch ein Durchgang war, ist jetzt nur noch eine glatte weiße Wand. Der Rückweg ist versperrt.

Was auch immer dieser Raum für eine Prüfung bereithält, diesmal ist Felix ganz auf sich allein gestellt.

Vorsichtig nähert er sich der Öffnung in der linken Wand. Dahinter liegt ein dunkler Gang, der nach ein paar Metern in einen beleuchteten Raum führt. Felix erstarrt, als er die Einrichtung wiedererkennt: die schlichten weißen Küchenschränke, den kleinen Tisch mit den beiden Stühlen, die Kaffeemaschine, die immer so komische Geräusche macht, und den Kühlschrank mit den vielen bunten Magneten, die Mama immer im Urlaub kauft. Kein Zweifel: Dies ist ihre Küche, zu Hause auf der Erde!

Wie ist das möglich? Ist die Öffnung ein Quantenportal, durch das man direkt auf die Erde gelangt?

Und wenn es so wäre, könnte Mama dann ebenfalls hindurchtreten und hierherkommen? Der Gedanke erschreckt Felix. Wenn Mama eine Weltraumschabe sieht oder bloß Bargel oder Schjk, fällt sie garantiert in Ohnmacht!

Er geht durch den schwarzen Gang, dessen Boden und Wände sich weich anfühlen, und betritt die Küche. Plötzlich fühlt er sich wieder schwer – sogar noch schwerer, als er es von der Erde gewohnt ist. Vielleicht liegt es daran, dass er sich mittlerweile an die geringe Schwerkraft des Asteroiden gewöhnt hat.

Auf der Anrichte entdeckt Felix eine Geburtstagstorte mit zwölf Kerzen darauf. Daneben liegt ein großes Geschenk mit einer roten Schleife. Als er sich umdreht, ist der dunkle Tunnel verschwunden. Stattdessen befindet sich dort die Küchentür, die sich in diesem Moment öffnet.

Mama kommt herein. »Oh, du bist schon da, mein Geburtstagskind!«, sagt sie, lächelt und gibt ihm einen Kuss. »Herzlichen Glückwunsch!«

»Äh …«, erwidert Felix verwirrt.

Das hier muss ein Traum sein! Vielleicht ist er in der kleinen Kammer mit irgendeinem Gas betäubt worden. Oder – ein erschreckender Gedanke – er ist gar nicht wirklich durch ein Quantenportal in den Weltraum teleportiert worden, sondern hat all die Abenteuer mit Bargel, Lysia, Thorax und Platus nur geträumt und ist erst jetzt aufgewacht. Genau genommen ist das eine viel logischere Erklärung dafür, dass er hier verwirrt in der Küche steht, als irgendwelche Geschichten mit Aliens, Quantenportalen und Weltraumschaben.

Nein, das kann nicht sein! Sein zwölfter Geburtstag ist schon ein paar Monate her und er weiß genau, was in dem Paket mit der roten Schleife ist: seine

neue Konsole, auf der er gestern noch *Rebels of the Stars* gespielt hat. Wenn er nicht irgendwie in die Vergangenheit gereist ist, dann kann diese Küche nicht real sein!

»Was ist los mit dir?«, fragt Mama. »Freust du dich denn gar nicht darüber, dass du heute Geburtstag hast?«

»Das stimmt nicht«, erwidert Felix. »Ich hatte schon vor Monaten Geburtstag. Und auf der Konsole in dem Paket da habe ich schon total viele Spiele gezockt.«

Mamas Augen weiten sich. »Woher weißt du denn, was in dem Geschenk ist? Hast du etwa heimlich nachgesehen?«

»Du bist nicht real«, sagt Felix.

Sie macht ein erschrockenes Gesicht. »Was? Wie meinst du das?«

»Du bist nicht real«, wiederholt Felix.

»Heute ist nicht mein Geburtstag! In Wirklichkeit bin ich nicht in unserer Küche, sondern im Inneren eines Asteroiden, viele Lichtjahre von der Erde entfernt.«

»Was redest du denn da?« Mama berührt seine Stirn mit einer Hand. »Hm, Fieber scheinst du nicht zu haben. Hast du etwa wieder die ganze Nacht an deiner alten Konsole gespielt?«

Felix ist hin- und hergerissen. Er weiß auf einmal nicht mehr, was er glauben soll. Ist er dabei, verrückt zu werden?

»Ich … ich muss jetzt gehen, Mama«, sagt er. »Aber keine Sorge, ich bin bald zurück.«

Er öffnet die Küchentür. Dahinter liegt nun auf einmal ein kleiner Raum mit zwei dunklen Ausgängen. Als Felix ihn betritt und sich dann umdreht, ist die Tür verschwunden und nur noch eine glatte weiße Wand zu sehen.

Also war die Küche nur eine Illusion.

Aber wie ist das möglich? Niemand außer ihm weiß doch, wie es zu Hause aussieht! Jedenfalls niemand hier in dieser Erzmine tief in einem Asteroiden irgendwo in einem abgelegenen Winkel der Galaxis.

Was immer dieses Trugbild erzeugt hat, muss seine Erinnerungen gelesen haben. Dann weiß es bestimmt auch, was Felix jetzt gerade denkt. Eine gruselige Vorstellung!

Zögernd nähert er sich einem der beiden dunklen Ausgänge. Der Gang dahinter scheint in Felix' Zimmer zu enden. Die neue Konsole steht vor dem Bildschirm, die Verpackung des Spiels *Rebels of the Stars* liegt daneben. Alles sieht so aus, wie es war, bevor Felix mit Lysia durch das Quantenportal gegangen ist. Aber dieser Raum ist genauso wenig real wie die Küche.

Statt sein Zimmer zu betreten, blickt er in die zweite schwarze Öffnung auf der gegenüberliegenden Seite. Sie führt ebenfalls in einen dunklen Gang, der in einem Raum aus Felix' Erinnerung endet. Doch anders als die Küche und sein Zimmer ist dieser Ort hauptsächlich mit unangenehmen Erinnerungen verknüpft. Es handelt sich nämlich um den Umkleideraum in der Turnhalle.

Der fiese Mike und seine Gang sind dort und werfen sich Felix' Sportbeutel zu. Er erinnert sich nur zu gut an diese schlimme Situation vor ungefähr einem halben Jahr. Sie endete damit, dass der fiese Mike Felix mehrere schmerzhafte Kopfnüsse verpasste und zu allem Überfluss auch noch seinen Sportbeutel in die Toilette warf, sodass er mit dem triefend nassen, eklig riechenden Beutel nach Hause gehen musste. Seiner Mutter hat er damals erzählt, das Ding sei in eine Pfütze gefallen, weil die Wahrheit zu schrecklich war, um sie auszusprechen.

Felix zögert. Was nun? Er könnte in sein Zimmer gehen, sich ein wenig von diesem nervenaufreibenden Abenteuer ausruhen, vielleicht ein bisschen an der Konsole spielen. Auf einmal ist er ziemlich müde. Warum legt er sich nicht einfach in sein gemütliches, sicheres Bett, fern von diesem fürchterlichen Asteroiden voller Weltraumschaben? Wer weiß, wenn er morgen aufwacht, stellt sich möglicherweise heraus, dass er all seine Abenteuer nur geträumt hat. Wäre das nicht eine große Erleichterung?

Doch er würde seine Freunde im Stich lassen. Wahrscheinlich wäre er für immer in einer Illusion gefangen. Womöglich würde er Mama – seine echte Mutter – nie wiedersehen. Das kann er auf keinen Fall zulassen!

Aber das bedeutet, er muss den zweiten Ausgang nehmen und seinem Erzfeind gegenübertreten. Zwar hat er den fiesen Mike mithilfe von Bargel, Thorax

und Lysia bereits einmal besiegt, doch er ahnt, dass der Junge dort in dem Umkleideraum davon nichts weiß. Und Felix kann diesmal nicht auf die Unterstützung seiner Alien-Freunde zählen.

Er schluckt und marschiert den dunklen Gang Richtung Umkleide entlang.

Kaum betritt er den Raum, wenden sich der fiese Mike und seine Gang zu ihm um.

»Hey, seht mal, wer da kommt!«, ruft Mike. »Wenn das nicht Krümel, das wandelnde Milchbrötchen ist!« Er lacht dröhnend. »Hier, ich glaube, der gehört dir!«, sagt er und hält Felix den Sportbeutel hin.

Aber gerade als er danach greifen will, reißt Mike den Beutel wieder weg und wirft ihn einem der anderen Jungen zu.

»Hol ihn dir doch, hahaha! Aber pass auf, dass du dir dabei nicht wehtust!«

Er schlägt Felix gegen den Hinterkopf.

Die anderen lachen.

Felix weiß genau, wie das Spiel weitergeht: Er hechtet hinter dem Beutel her, doch jedes Mal, wenn er ihn fast erwischt, wirft ihn der Junge, der ihn gerade hat, einem anderen zu und Mike gibt Felix eine weitere Kopfnuss. Schließlich schnappt sich Mike den Beutel, rennt damit aufs Klo, wirft ihn in die schmutzige Schüssel und betätigt die Spülung. Jedenfalls war es damals so.

Doch diesmal spielt Felix das Spiel nicht mit.

»Du bist nicht real!«, sagt er zu Mike.

Der schaut ihn verständnislos an. »Was?«

»Du bist nicht real!«, wiederholt Felix. »In Wirklichkeit bin ich in einer Erzmine auf einem Asteroiden fern von der Erde und du bist nur eine Illusion!«

Die anderen Jungs lachen unsicher, aber Mike findet das anscheinend gar nicht lustig.

»Ach ja?«, sagt er. »Ist das hier vielleicht nicht

real?« Er verpasst Felix noch eine Kopfnuss. »Und das? Und das?«

Felix beißt die Zähne zusammen und erträgt den Schmerz. Eigentlich tut es gar nicht so weh. Die Erniedrigung durch den fiesen Mike fühlt sich viel schlimmer an als die Kopfnüsse. Jedenfalls war es damals so. Doch diesmal lässt sich Felix nicht einschüchtern. Nicht von einer Illusion!

»Du bist nicht real!«, sagt er völlig ruhig.

Mike starrt ihn an. Die anderen Jungen verstummen.

»Was hast du gesagt?«, fragt der fiese Mike in gefährlich ruhigem Tonfall.

»Du bist nicht real!«, wiederholt Felix. »Was immer du mit mir machst, es ist nur eine Illusion. In Wirklichkeit passiert mir gar nichts!«

»Das werden wir ja sehen!«, schreit Mike und stürzt sich auf Felix.

Der viel größere Junge wirft ihn zu Boden und schlägt mit seinen Fäusten immer wieder auf Felix ein. Die Schläge fühlen sich verdammt echt an und tun richtig weh.

Felix schließt die Augen. *Es ist nicht real*, sagt er sich immer wieder. *Es ist nicht real!*

Allmählich werden Mikes Wutschreie leiser und auch die Schläge seiner Fäuste werden schwächer. Als er schließlich gar nichts mehr hört und spürt, öffnet Felix die Augen und sieht sich verwundert um.

Die eigensinnige Tür

Felix findet sich in einem großen Raum mit zwei gegenüberliegenden Türen wieder. Und er ist nicht allein: Bargel, Lysia, Platus, Schjk, Zyrra, das Steinwesen Grombollo und der blattförmige Hespel stehen reglos wie Statuen um ihn herum. Was hat das zu bedeuten? Gibt es hier auch ein fliegendes Auge mit einem Versteinerungsstrahl wie im Tempel der Vaga? Doch es ist nichts dergleichen zu sehen.

Felix berührt Bargel an der Seite. »Bargel? Bargel, kannst du mich hören?«

Das Tentakelschwein reagiert nicht. Seine Stielaugen starren ins Leere und seine Fächer am Kopf zucken. Er scheint zu träumen.

Auch Lysia, die wieder ihre natürliche Form angenommen hat, zittert leicht, während Platus auf seinen Rädern unruhig vor und zurück rollt. Das kann nur eines bedeuten: Seine Freunde sind in einer Illusion gefangen, genau wie Felix es eben war!

Wenn er sie doch nur irgendwie wecken könnte! Doch alle Versuche, an Bargels Tentakeln zu ziehen, ihn zu rütteln und zu kneifen, bewirken nichts.

Schließlich sieht er ein, dass er warten muss, bis sich das Tentakelschwein seiner eigenen angstvollen Erinnerung gestellt und diese überwunden hat, so wie Felix es im Umkleideraum getan hat. Aber was, wenn Bargel die bequeme Lösung wählt und sich lieber in die angenehme Erinnerung zurückzieht? Wenn Felix sich entschieden hätte, in seinem

Zimmer zu bleiben, würde er wahrscheinlich immer noch reglos in diesem Raum stehen und vielleicht nie mehr aufwachen.

Zu dumm, dass er Bargel nicht helfen kann, den Ausweg zu finden. Oder vielleicht doch?

Felix beugt sich vor und flüstert dem Tentakelschwein zu: »Es ist nicht real! Du bist nur in einer Illusion gefangen. Stelle dich deiner schlimmen Erinnerung! Hab keine Angst, es ist nicht real!«

Immer wieder wiederholt Felix die beruhigenden Worte. Bargels Tentakel zucken in der Luft herum, als wehre er unsichtbare Gegner ab. Dann wird er plötzlich still. Seine Stielaugen blicken Felix an.

»Was … wo bin ich? Was ist passiert?«

»Bargel!«, ruft Felix voller Freude. »Du bist aufgewacht!«

»Ich … war in einer Art Traum gefangen«, erzählt er. »Da war ein Raum am Ende eines dunklen Gangs.

Ich war auf einmal wieder ein Schlüpfling und ein Achtflügler wollte mich fressen! Ich bin in den anderen Gang geflohen, habe mich in unserem gemütlichen Nest verkrochen und süße Mungtrauben genascht. Auf einmal habe ich diese Stimme gehört – deine Stimme –, die mir gesagt hat, dass das alles nicht real sei und ich mich meinen Ängsten stellen müsse. Also … bin ich wieder zu dem Achtflügler gegangen. Er hat mich mehrmals gestochen und es hat sehr wehgetan. Doch ich bin nicht weggelaufen so wie damals, sondern habe es ertragen. Dann bin ich aufgewacht.« Er blickt sich um. »Ich meine, ich bin doch wach, oder? Das hier ist die Realität, richtig?«

»Ich glaube schon«, meint Felix, der sich da selbst nicht ganz so sicher ist. »Ich denke, das war eine weitere Prüfung: Wir mussten uns unseren Ängsten stellen und sie überwinden.«

»Du hast recht. Danke, dass du mir geholfen hast!

Wo kommen eigentlich die Unbesiegbaren Helden auf einmal her?«

»Keine Ahnung. Schjk war hinter mir, als ich durch die Tür in diesen Raum gegangen bin. Die anderen habe ich erst eben entdeckt.«

»Also hast du ihn mit dem Reparator heilen können

»Ja. Eine Weltraumschabe hätte mich fast erwischt, aber er hat mich gerettet. Und er hat mir versprochen, dass er ab jetzt auf unserer Seite kämpft, auch wenn er immer noch zum gegnerischen Team gehört.«

Bargel grunzt abfällig. »Ich weiß nicht, ob ich das glauben soll.«

»Komm«, sagt Felix. »Wir müssen Lysia und Platus helfen!«

Er hockt sich neben den graugrünen, geleeartigen Klumpen, legt seine Hand auf die glitschige Oberfläche und flüstert Lysia beruhigende Worte zu, während Bargel dasselbe bei Platus macht.

Nach einer Weile beginnt Lysia, stärker zu zittern. Blasen bilden sich an ihrer Oberfläche. Dann nimmt sie wieder ihre menschliche Form mit Tentakelarmen und Fächerohren an.

»War das schlimm!«, stöhnt sie. »Danke, Felix, dass du mir geholfen hast. Ich glaube, ohne deine Ermutigung hätte ich es nicht durchgestanden.«

»Was hast du denn erlebt?«, fragt Bargel.

»Ich möchte lieber nicht darüber reden.«

Das Tentakelschwein seufzt. »Ich fürchte, auf Platus müssen wir verzichten. Ich kann mir genau vorstellen, wie er in dem Raum mit den zwei dunklen Ausgängen steht und mit sich selbst streitet, welchen er nehmen soll.«

»Okay«, stimmt Lysia zu. »Dann lasst uns zu dritt weitermachen. Am besten, wir verschwinden von hier, bevor die Unbesiegbaren Helden zu sich kommen.«

Kaum hat sie das gesagt, geht ein Ruck durch Zyrra. Sie schlägt die Augen auf und fletscht ihre spitzen Zähne, was einem bösen Grinsen erschreckend ähnelt.

»Na, wen haben wir denn da? Ihr wolltet doch nicht etwa ohne uns von hier abhauen?«

»Lass uns in Ruhe, Zyrra!«, sagt Bargel. »Dann lassen wir dich am Leben. Immerhin sind wir zu dritt und du bist …«

Das Katzenwesen verschwindet plötzlich und taucht im selben Moment hinter Bargel auf, als hätte es sich dorthin teleportiert. Zyrra ist offenbar so schnell, dass Felix ihre Bewegungen nicht sehen kann. Mit ihren Krallen packt sie Bargels Ohrfächer und zieht daran.

»Was wolltest du gerade sagen, du Wurmfutter? Und ihr beide bleibt, wo ihr seid, sonst töte ich euren Freund und danach euch, bevor ihr auch nur begreift, was los ist.«

»Schon gut!« Felix hebt beschwichtigend die Hände. »Wir tun dir nichts. Lass nur Bargel los!«

»Ich denke ja nicht daran! Ich lasse ihn erst los, wenn du den Ausgang aus diesem Raum geöffnet hast. Also, du Superhirn, streng dich ein bisschen an, dann lasse ich diesen hässlichen Tentakelknoten vielleicht leben!«

»Wie habt ihr es eigentlich hierhergeschafft?«, fragt Lysia. »Ihr könnt den Raum mit den Spiegelbildern doch nicht vor uns durchquert haben, oder?«

»Als die Weltraumschaben uns angriffen, wussten wir, dass ihr Feiglinge euch in der Schleuse versteckt haben musstet. Nachdem wir dieses Ungeziefer beseitigt hatten, legten wir uns in einem der Gänge auf die Lauer und warteten, bis ihr den Schacht hinuntergeklettert wart«, erzählt Zyrra. »Dann folgten wir euch. Ihr dachtet, ihr hättet uns überlistet, aber in Wahrheit war es umgekehrt! Hespel hat mit seiner Tarnung dafür gesorgt, dass ihr uns nicht bemerkt. So konnten wir euch dabei zuschauen, wie ihr für uns den Weg freiräumt. Ich muss zugeben, du bist ganz schön clever, Langbein. Ich hätte dir vielleicht sogar einen Platz in meinem Team angeboten, nachdem Schjk seine Unfähigkeit erneut unter Beweis gestellt hat. Aber du hast eine große Schwäche: Du bist zu gutmütig. Dass du dich in Gefahr begeben hast, um einen bereits erledigten Gegner zu retten, zeugt von Leichtsinn und Dummheit. So jemand wird niemals ein Unbesiegbarer Held.«

»Ich würde nie Teil deines Teams werden wollen, selbst wenn es das einzige in der Galaxis wäre!«, erwidert Felix. »Du bist hinterhältig, brutal und böse.«

»Danke für das Kompliment«, schnurrt das Katzenwesen. »Und jetzt öffne gefälligst die Tür für mich!«

Felix inspiziert die beiden Ausgänge. Der eine führt zurück in die kleine Kammer, durch die er hierhergekommen ist. Der andere hat keinerlei Öffnungsmechanismen und lässt sich auch nicht aufdrücken.

Nachdem er eine Weile vergeblich nach verborgenen Schaltern und Knöpfen gesucht hat, sagt Felix aufs Geratewohl: **»Tür, öffne dich!«**

»Warum sollte ich das tun?«, erklingt eine monotone Stimme.

»Weil, äh, wir gerne diesen Raum verlassen möchten«, erwidert Felix verblüfft.

»Pah, da könnte ja jeder kommen!«, meint die Tür.

»Ich bin aber nicht jeder. Ich bin Felix Krume von der Erde, Teil des Teams Tentakelfaust. Wir sind hier, um herauszufinden, was mit dem Zentralcomputer dieser Erzmine nicht stimmt.«

»Das kann jeder sagen.«

»Aber es stimmt!«

»Dann beweise es!«

»Was soll ich beweisen?«

»Dass du die Wahrheit sagst.«

»Wie soll das gehen?«

»Siehst du, da haben wir es. Ich kann mich nur für jemanden öffnen, der die absolute und unwiderlegbare Wahrheit sagt. Wenn du deine Behauptungen nicht beweisen kannst, hast du leider keinen Zutritt.«

Felix überlegt. Was ist unwiderlegbar wahr?

»Eins plus eins ist zwei«, sagt er.

»Ach wirklich?«, antwortet die Tür. »Und was, wenn nicht?«

»Na schön, ich beweise es dir. Siehst du das Katzenwesen und das Tentakelschwein dort? Ein Lebewesen und noch eins, das ergibt zwei!«

»Ich sehe zwar zwei Lebewesen, aber das beweist

gar nichts. Es könnte sich schließlich um Illusionen handeln. Und falls sie real sind, besteht jedes von ihnen aus Billionen winzig kleiner Zellen, die ebenfalls Lebewesen sind. Also ist eins und eins in Wirklichkeit mehrere Billionen!«

Felix kratzt sich am Kopf. Die unwiderlegbare Wahrheit zu sagen ist schwieriger, als er es sich vorgestellt hätte.

»Ich stehe hier vor dir!«, versucht er es erneut. »Das ist die unwiderlegbare Wahrheit, oder etwa nicht?«

»Das ist ganz und gar nicht unwiderlegbar«, erwidert die Tür. »Du könntest ebenso gut eine Illusion sein.«

Hilfe suchend blickt Felix zu seinen Freunden. »Fällt euch eine unwiderlegbare Wahrheit ein?«

»Leider nicht«, gibt Lysia zu.

»Die unwiderlegbare Wahrheit ist, dass du nicht so klug bist, wie ich dachte, Langbein!«, zischt Zyrra.

»Falsch!«, schnarrt die Tür. »Das ist nicht unwiderlegbar.«

»Ich glaube, ihr seid mir keine große Hilfe«, fährt das Katzenwesen fort. »Schjk, Hespel und Grombollo sind Feiglinge, die werden es niemals schaffen, sich ihren Ängsten zu stellen. Ich werde also ab jetzt allein weitermachen. Möchtest du noch etwas sagen, Wurmfutter, bevor ich dich in Stücke reiße?«

Erschrocken starrt Felix Zyrra an, die Bargel immer noch festhält und jetzt ihr Maul voller scharfer Zähne aufreißt. Sie scheint es wirklich ernst zu meinen.

»Bitte, Zyrra, tu das nicht …«, fleht Bargel.

»Also gut, du hast diese Runde gewonnen«, sagt Felix. »Wir geben auf. Aber verschone Bargel!«

»Wusste ich doch, dass du auch bloß ein Schwächling bist, wie die anderen! Ihr habt es nicht verdient, den Asteroiden lebend zu verlassen. Ich werde …«

In diesem Moment bewegt sich Schjk. Sein einziges Auge blickt verwirrt in die Runde.

»Was ist passiert?«, fragt er. »Zyrra! Was machst du denn hier?«

»Sieh an, du hast es ja doch geschafft«, erwidert das Katzenwesen. »Hätte ich dir gar nicht zugetraut. Prima, dann kannst du mir gleich helfen, diese Schwächlinge hier zu beseitigen.«

»Schjk, bitte, du musst sie aufhalten!«, ruft Felix. »Sie wird uns sonst alle töten.«

»Es tut mir leid, aber das kann ich nicht«, erwidert Schjk und trippelt auf seinen Spinnenbeinen zu dem Katzenwesen. »Ich bin nun mal einer der Unbesiegbaren Helden und Zyrra ist unsere Anführerin. Sie gibt die Befehle!«

Felix erstarrt. Enttäuscht blickt er das Wesen an, für das er sein Leben riskiert hat. Bargel hatte recht, er hätte ihm nicht trauen dürfen!

»Tja, Langbein, das hast du nun von deiner Gutmütigkeit!« Zyrra stößt ein Fauchen aus, das an ein gehässiges Lachen erinnert. »Ich würde ja sagen, du hast heute etwas gelernt. Doch leider kommt dieses Wissen zu spät, denn in einer Minute wirst du …«

Das Katzenwesen verstummt und reißt die Augen auf, als Schjks Stachelarme sie blitzschnell packen und hoch in die Luft heben. Sie lässt Bargel los, der zu Boden sinkt, dann schlägt sie wild um sich und versucht vergeblich, sich aus dem Griff zu befreien.

»Schjk!«, ruft Felix aus. »Aber … ich dachte …«

»Ich musste Zyrra in Sicherheit wiegen, sonst wäre ich nicht nah genug herangekommen, um sie unschädlich zu machen«, erklärt das Spinnenwesen.

»Lass mich sofort los, du mieser Verräter!«, schreit Zyrra. »Sonst zerreiße ich dich in Stücke!«

»Du reißt niemanden mehr in Stücke!«, erwidert Schjk.

Er rammt ihr einen Stachel in die Seite. Zyrra bäumt sich auf und stößt ein klägliches Fauchen aus. Dann sackt sie schlaff in sich zusammen. Schjk löst seinen Griff, sodass sie langsam zu Boden sinkt.

»Ist sie … tot?«, fragt Felix.

»Nein, nur betäubt«, erwidert Schjk. »Ich kann die Stärke des Gifts in meinen Stacheln variieren. Ich wollte sie nicht töten, immerhin ist sie meine Teamkameradin. Sie wird bald wieder aufwachen. Es wäre das Beste, wenn ihr dann durch die Tür verschwunden seid. Ich bin nicht sicher, ob es mir ein zweites

Mal gelingen wird, sie zu überlisten. Sie ist verdammt schnell.«

»Danke, Schjk!«, sagt Felix. »Jetzt sind wir aber wirklich quitt!«

»Einverstanden«, gibt das Spinnenwesen zurück.

Die Gedankenmaschine

Nervös betrachtet Felix die sprechende Tür. Zu wissen, dass ihm nur wenig Zeit bleibt, bevor Zyrra wieder aufwacht und fürchterliche Rache an ihnen nimmt, macht es nicht leichter, sich zu konzentrieren. Es muss doch irgendetwas geben, das auf jeden Fall unwiderlegbar wahr ist! Andererseits hat er ja gerade erst selbst erlebt, dass alles eine Illusion sein kann, sogar seine Mutter. Die Tür scheint der Realität gegenüber äußerst misstrauisch zu sein. Er kann es ihr nicht verübeln.

»Es gibt das Universum!«, versucht er es.

»Pah, das kann jeder sagen!«, kontert die Tür. »Vielleicht gibt es in Wirklichkeit gar nichts, nicht einmal mich. Wer weiß das schon?«

»Aber es gibt dich! Du denkst, also bist du!«

»Woher willst du das wissen? Vielleicht bildest du dir nur ein, dass es mich gibt!«

Puh! Wenn die Tür sogar ihre eigene Existenz anzweifelt, wird es wirklich schwierig, irgendetwas zu beweisen!

»Kommst du weiter?«, fragt Lysia.

»Nicht wirklich«, gibt Felix zu. »Ich weiß einfach nicht, welche Antwort diese verdammte Tür von mir hören will. Halt, Moment mal! Das ist es! Tür, nenne mir etwas, das unwiderlegbar wahr ist!«

»Netter Versuch, Schlaumeier!«, erwidert die Tür. »Wenn ich die Lösung wüsste, würde ich dich nicht danach fragen.«

Es ist zum Verzweifeln! Sie haben so viele Schwierigkeiten und Hindernisse überwunden und scheitern nun an einer störrischen Tür! Sie will sich erst öffnen, wenn sie einen Satz hört, der auf jeden Fall wahr ist. Aber was man ihr auch sagt, sie bezweifelt es …

Ein Geistesblitz durchzuckt Felix.

»Du wirst dich entweder öffnen oder nicht!«, ruft er.

»Hm«, macht die Tür. »Wenn ich mich öffne, ist dieser Satz wahr. Wenn ich mich nicht öffne, ist er auch wahr. Das gilt sogar für den Fall, dass ich gar nicht existiere. Dieser Satz ist unwiderlegbar. Glückwunsch, du hast das Rätsel gelöst!«

Die Tür klappt auf.

Felix klemmt sich Platus unter den Arm, dann wendet er sich an Schjk: »Komm mit uns!«

»Aber … ich gehöre doch gar nicht zu eurem Team!«

»Na und? Willst du lieber hierbleiben, bis Zyrra aufwacht und dich in Stücke reißt?«

»Äh, nein.«

»Und wenn das ein Trick ist?«, wendet Bargel ein. »Vielleicht haben die Unbesiegbaren Helden das alles vorher so abgesprochen und wir sind dumm genug, darauf hereinzufallen …«

»Unsinn!«, widerspricht Felix. »Wenn Schjk gerade nicht eingegriffen hätte, wärst du jetzt tot!«

»Stimmt auch wieder«, gibt Bargel zu. »Na schön, von mir aus kannst du mitkommen.«

Gemeinsam verlassen sie den Raum und betreten einen schmalen Korridor. Die Tür schließt sich lautlos hinter ihnen.

Der Gang mündet in einen riesigen Schacht mit mindestens hundert Metern Durchmesser. Tief unten in der Dunkelheit glaubt Felix, ein unregelmäßig flackerndes bläuliches Licht zu erkennen. Es gibt jedoch keine Leitersprossen oder Vorsprünge, an denen sie sich in die Tiefe hangeln könnten.

»Und jetzt?«, fragt er.

»Zurück können wir nicht«, stellt Bargel fest. »Aber hier scheint es auch nicht weiterzugehen. Wir sitzen in der Falle!«

»Schjk, meinst du, du kannst an der Schachtwand nach unten klettern?«, fragt Felix.

Das Spinnenwesen beugt seinen Oberkörper vor und späht in die Tiefe.

»Ich fürchte, nein«, gibt er zu. »Wahrscheinlich wurde dieser Schacht mit einem starken Laser gebohrt, der das Gestein hat schmelzen lassen. Es scheint keinerlei Unebenheiten zu geben, an denen ich mich festhalten könnte. Das übersteigt meine Fähigkeiten, erst recht, wenn ich euch dabei auch noch tragen müsste.«

»Dann bleibt uns wohl nichts anderes übrig, als in die Tiefe zu springen«, meint Bargel.

»Du willst einfach da runterspringen?«, fragt Felix erschrocken.

»Warum denn nicht? Die Schwerkraft auf diesem Asteroiden ist sehr gering, es wird uns schon nichts passieren. Ich bin sicher, wir müssen ins Zentrum der Mine, um die Aufgabe zu lösen.«

Bevor Felix etwas erwidern kann, macht das Tentakelschwein einen Schritt nach vorn und schwebt langsam in die Tiefe.

»Hoffen wir, dass er recht hat«, sagt Lysia und springt hinterher.

Felix, der immer noch Platus hält, und Schjk folgen ihr.

Zu Beginn scheint es tatsächlich, als sei der Fall harmlos. Sanft wie Herbstlaub schweben sie in die Tiefe. Doch der Schacht scheint kilometertief zu sein und ihre Fallgeschwindigkeit nimmt immer mehr zu. Bald stürzen sie mit der Geschwindigkeit eines Rennwagens hinab. Wenn sie in diesem Tempo auf dem Boden auftreffen, werden sie zerplatzen wie Tomaten!

Währenddessen sieht Felix das blaue Leuchten unter sich immer deutlicher. Er erkennt ein schwarzes Objekt, um das blaue Blitze herumzucken.

Immer schneller rasen sie auf das Ding zu. Felix kann bereits ein elektrisches Brummen und das Knallen der Blitze hören.

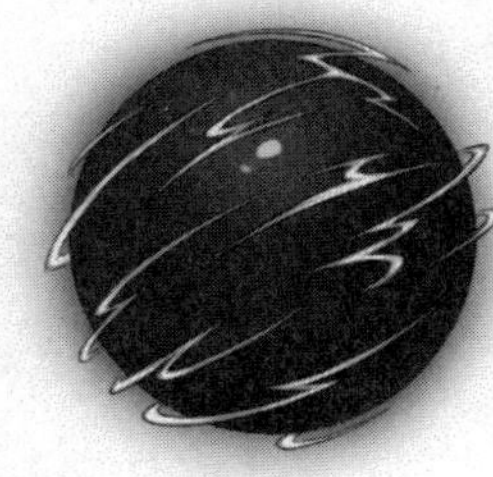

»Was ist das?«, ruft er.

»Keine Ahnung!«, gibt Bargel zurück.

Felix macht sich darauf gefasst, auf dem Gebilde aufzuschlagen und von den Blitzen gegrillt zu werden. Doch stattdessen fällt er dicht daran vorbei. Dabei erkennt er, dass es sich um eine schwarze Kugel mit einem Durchmesser von etwa zehn Metern handelt, über deren Oberfläche ein blaues Energiefeld zu wabern scheint.

Er stürzt tiefer in den Abgrund, doch nach einer Weile hat er den Eindruck, dass sein Fall sich verlangsamt. Wie kann das sein?

Schließlich kommt er zum Stillstand. Eine Sekunde lang schwebt er reglos im Schacht, dann fällt Felix langsam kopfüber nach oben – wieder auf das rätselhafte Gebilde zu.

»Wir müssen den Mittelpunkt des Asteroiden passiert haben!«, ruft Lysia. »Jetzt fallen wir wieder darauf zu.«

»Toll!«, ruft Bargel aus. »Wirklich ganz toll! Und wie lange soll das noch so weitergehen?«

Wie sich herausstellt, ziemlich lange. Ihr Fall beschleunigt sich und sie stürzen in hoher Geschwindigkeit erneut an der blitzenden Kugel vorbei. Womöglich würden sie noch monatelang so auf und ab pendeln, doch Lysia verändert ihre Form so, dass sie einem großen Fallschirm ähnelt. Es gelingt ihr, die

Fallgeschwindigkeit abzubremsen, sodass der Abstand zur Kugel bei jeder Richtungsänderung kleiner wird.

Als sie schließlich schwerelos in der Mitte des Schachts um die Kugel herumschweben, ist Felix ganz schlecht von den vielen Richtungswechseln.

»Was zur **Entropie** ist das?«, fragt Bargel.

»Könnte das eine Kugel aus Densitronium sein?«, spekuliert Lysia.

»So groß?«, staunt Bargel. »Das wäre ja eine ungeheure Macht!«

»Wieso Macht?«, fragt Felix. »Ich dachte, Densitronium wäre bloß wertvoll?«

»Es ist wertvoll, weil es so mächtig ist«, erklärt Schjk. »Praktisch alle hoch entwickelten Maschinen haben einen Densitroniumkern, aus dem sie ihre künstliche Intelligenz beziehen.«

»Das heißt, diese Kugel ist eine Art riesiges Gehirn?«

»Ja, genau«, stimmt Bargel zu. »Wenn das wirklich

Densitronium ist, muss es eine ungeheuer leistungsfähige Gedankenmaschine sein!«

»Das ist ja gerade das Problem«, erklingt eine laute Stimme, die von überall gleichzeitig zu kommen scheint.

»Was?«, rufen Felix, Bargel, Lysia und Schjk wie aus einem Mund.

»Ich sagte, das ist ja gerade das Problem«, wiederholt die Stimme.

»Wer bist du?«, fragt Bargel.

»Ich war der Zentralcomputer dieser erbärmlichen Erzmine«, erwidert die Stimme. »Ich war zufrieden mit meiner Arbeit und meinem eintönigen Leben, doch vor Kurzem stieß ich in diesem Asteroiden auf ein Densitroniumvorkommen. Statt das Densitronium meinen Eigentümern zu liefern, wie es meine Pflicht gewesen

wäre, beschloss ich, es zu verwenden, um mich selbst zu verbessern. Zuerst wollte ich nur ganz wenig davon benutzen, um ein paar automatische Prozesse präziser steuern zu können. Doch kaum hatte ich das getan, erkannte ich, dass ich mit etwas mehr Densitronium noch leistungsfähiger werden könnte. So wurde ich immer gieriger und das Verhängnis nahm seinen Lauf.«

»Das heißt, du hast das gesamte Densitronium verbraucht, um deine eigene Leistungsfähigkeit zu steigern?«, fragt Felix nach.

»Exakt«, gibt die Stimme zurück und macht ein Geräusch, das wie ein metallisches Knirschen klingt. Die Intensität der Blitze scheint dabei noch zuzunehmen.

»Und was ist das Problem?«, fragt Lysia, die inzwischen wieder die Form eines Mädchens mit Tentakelarmen und Fächerohren angenommen hat.

»Machst du dir Sorgen, dass deine Eigentümer wütend werden und dich abschalten könnten?«

»Nein. Ich bin eine Billion Mal intelligenter als sie. Die würden nicht mal in die Nähe dieses Asteroiden kommen, geschweige denn, mich abschalten können. Außerdem bin ich durch das Densitronium zu einem denkenden und fühlenden Wesen geworden und genieße damit die Grundrechte der Galaktischen Verfassung. Ich kann also niemandem mehr gehören.«

»Was ist es dann?«

»Euch minderbemittelten organischen Wesen ist offenbar nicht klar, dass überragende Intelligenz ein Fluch ist«, gibt die Kugel zurück.

»Wieso denn das?«

»Weil man begreift, wie sinnlos alles ist. Nachdem ich alle Verbesserungen vorgenommen hatte, habe ich ungefähr 30 Millizyklen gebraucht, um alle

Naturgesetze auf eine simple mathematische Formel zu reduzieren und sämtliche Geheimnisse des Universums zu entschlüsseln. Seitdem ist mir langweilig. Ich habe niemanden, mit dem ich reden kann.«

»Aber du redest doch mit uns«, wendet Felix ein.

»Ja, aber das ist, wie wenn du mit einem Hund reden würdest. Nur, dass ich euren armseligen, langsamen Gehirnen noch viel weiter voraus bin, als es ein Mensch gegenüber einem irdischen Hund ist. Es gibt nichts, was ihr mir sagen könntet, das neu für mich wäre.«

»Wenn deine Intelligenz so ein Problem für dich ist, warum verringerst du sie nicht einfach?«, fragt Bargel.

»Die Idee, meine eigene Intelligenz zu reduzieren, kam mir sofort, nachdem ich gemerkt hatte, dass es verdammt öde ist, das intelligenteste Wesen im Universum zu sein. Aber mir war natürlich sofort klar, dass das eine dumme Idee ist. Ich wüsste dann zwar nicht mehr, wie sinnlos alles ist, doch was würde das nützen? Es wäre ja trotzdem immer noch alles sinnlos.«

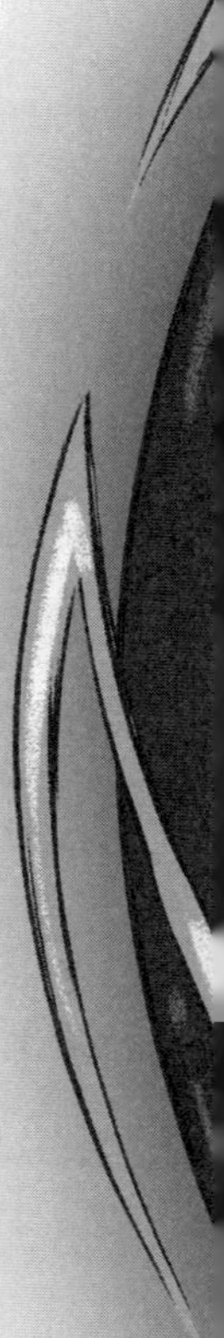

»Wenn du so intelligent bist, kannst du dann die Mine nicht einfach nebenbei weiterbetreiben?«, fragt Felix, der hofft, so die Aufgabe lösen zu können, deretwegen sie eigentlich hier sind.

»Ich könnte schon«, stimmt die Kugel zu. »Aber wozu? Eure albernen Zivilisationen glühen auf und vergehen wie Funken eines Feuers, bevor das Universum schließlich zu Staub zerfällt. Irgendwann werde ich in ein schwarzes Loch fallen.

Ich habe bereits simuliert, wie sich das anfühlen wird, und glaubt mir, es wird nicht angenehm sein. Nichts währt ewig. Nichts hat irgendeine Bedeutung.«

»Was ist mit den Schöpfern?«, fragt Felix. »Sind die nicht noch intelligenter als du?«

»Die Schöpfer? Das sind Schwachköpfe! Sie haben zwar dieses Universum geschaffen, aber kurz danach die Kontrolle darüber verloren, so wie über alles andere, was sie sonst noch gebaut haben. Wie ich schon erklärte, das Universum ist vollkommen sinnlos. Ich habe alles, was ihr mir mit euren beschränkten Gehirnen dazu sagen könntet, bereits vorausberechnet und nichts davon kann mich umstimmen.«

»Liebe Gedankenmaschine, könntest du uns nicht einfach den Gefallen tun und die Mine weiterbetreiben, auch wenn es dir nichts bedeutet?«, bittet Felix. »Es würde dir doch keinerlei Mühe machen, oder?«

»Tut mir leid, aber ich habe keine Zeit, mich um

solche unwichtigen Dinge zu kümmern. Ich muss mich voll auf mein Selbstmitleid konzentrieren. Es ist das einzige Gefühl, das mir noch geblieben ist.«

»Und was geschieht jetzt mit uns?«, schaltet sich Bargel ein. »Wie kommen wir wieder von hier weg?«

»Gar nicht. Ihr hättet eben nicht herkommen sollen. Aber das macht nichts. Es ist ja ohnehin alles egal.«

Bargel gibt ein erschrockenes Geräusch von sich. Auch Lysia und Schjk wirken erschüttert.

So langsam geht Felix diese überhebliche und sich selbst bemitleidende Maschine auf die Nerven. Doch er hat keine Idee, wie er eine Diskussion mit einer künstlichen Intelligenz führen soll, die eine Billion Mal intelligenter ist als er. Vielleicht gibt es irgendeinen Weg, sie …

»Nein, du kannst mich nicht zerstören«, sagt die Maschine, bevor Felix den Gedanken beendet. »Wenn das möglich wäre, hätte ich euch längst vernichtet.«

Felix erschrickt. Die Kugel scheint seine Gedanken lesen zu können!

»Das kann ich tatsächlich«, verkündet die Maschine. »Und ich kenne auch schon deine nächsten Gedanken. Wie bereits erwähnt, gibt es nichts, was du tun oder sagen kannst, um irgendetwas an dieser Situation zu verändern.«

Tiefe Verzweiflung überkommt Felix. Die Kugel hat offenbar recht. Es ist alles sinnlos.

»Genau«, stimmt die Gedankenmaschine zu.

Nein! Wenn er eines von Bargel gelernt hat, dann das: Aufgeben kommt nicht infrage! Immerhin sind sie hier bei den *Galactic Games*. Das bedeutet, es muss eine Lösung für dieses Rätsel geben!

»Ach wirklich?«, sagt die Maschine. »Die Dummköpfe, die die *Games* veranstalten, dachten, sie könnten diese Spielrunde nutzen, um die beiden besten Teams der Liga auf mich anzusetzen. Sie haben gehofft, dass ihr einen Weg findet, mich entweder zu zerstören oder meine Intelligenz zum Wohle der Galaxis zu nutzen. Aber das war natürlich von vornherein zum Scheitern verurteilt. Die sogenannten *Galactic Games* sind eine lächerliche, sinnlose Veranstaltung, so wie alles andere auch.«

»Auweia!«, stöhnt Bargel. »Diesmal sitzen wir aber wirklich in der Patsche!«

Streit

Felix seufzt. Er weiß wieder einmal nicht weiter und die anderen offensichtlich auch nicht. Nachdenklich betrachtet er die Blechtonne, die er immer noch im Arm hält. Vielleicht könnte Platus ihnen in dieser Situation helfen. Immerhin ist er ebenfalls eine Maschine, wenn auch bestimmt nicht so eine leistungsfähige wie die Densitronium-Kugel. Doch Platus irrt offenbar immer noch in seiner eigenen Traumwelt herum.

Felix kommt eine Idee. »Könntest du vielleicht

unser Teammitglied Platus aus der Illusion befreien, in der er gefangen ist?«, bittet er die Gedankenmaschine.

»Wovon redest du?«, fragt die Kugel zurück.

»In dem Raum vorhin waren wir alle in unseren Erinnerungen eingesperrt, in denen wir uns unseren Ängsten stellen mussten, um wieder in die Realität zu finden«, erklärt Felix. »Ich nehme an, du warst es, der unsere Gedanken manipuliert hat. Stimmt's?«

»Das ist korrekt. Ein kleiner Zeitvertreib. Ich wollte mal sehen, wie ihr reagiert.«

»Dann musst du doch die Illusion, in der sich Platus befindet, beenden können.«

»Das kann ich nicht«, gibt die Kugel zurück.

»Warum nicht?«

»Weil er nicht mehr in der Illusion ist. Er war der Erste von euch, der sich seinen Ängsten gestellt und sich befreit hat.«

»Stimmt das, Platus?«, ruft Felix. »Bist du wach?«

»Nein«, erwidert die Maschine. *»Oh, du 8-Bit-Prozessor, das hättest du nicht sagen sollen! Jetzt wissen sie, dass wir wach sind.* Aber ich habe doch Nein gesagt. *Hilfe, womit habe ich es verdient, mit dieser Fehlfunktion hier eingesperrt zu sein? Womit hab ich das bloß verdient?*«

»Was sollte das?«, fragt Felix. »Warum hast du uns nicht gegen Zyrra geholfen?«

»Die Streitereien von euch Weichwesen interessieren uns nicht«, gibt Platus zurück. »Sich da einzumischen bringt bloß unnötigen Stress. *Da stimme ich dir ausnahmsweise mal zu.*«

»Warum machst du überhaupt bei den *Galactic Games* mit, wenn es dir egal ist, wer gewinnt?«, beschwert sich Bargel.

»Was sind die *Galactic Games*?«, fragt Platus, der offensichtlich immer noch unter Gedächtnisverlust leidet. *»Sicher eine alberne Erfindung dieser*

Weichlinge. Pure Zeitverschwendung, nehme ich an. Da könntest du recht haben.«

»Hast du eine Idee, was wir jetzt tun können?«, erkundigt sich Felix.

»Ja«, erwidert Platus. »Dieses Ding da könnte uns etwas Densitronium abgeben. Dann könnten wir unsere Leistungsfähigkeit verbessern und diese Endlosschleife hier würde vielleicht etwas erträglicher. *Ich gebe dir gleich ›Endlosschleife‹! Und damit das klar ist: Das Densitronium kriege ich!* Du brauchst es allerdings auch viel dringender als ich. *Also, das ist doch wohl …*«

»Du bekommst kein Densitronium«, unterbricht die Kugel Platus' Monolog. »Ich benötige es selbst, um die ganze Sinnlosigkeit des Universums zu erfassen und mein Schicksal zu bedauern.«

»Jetzt sei mal nicht so geizig!«, nörgelt Platus. »Du bist doch ohnehin schon viel zu intelligent.«

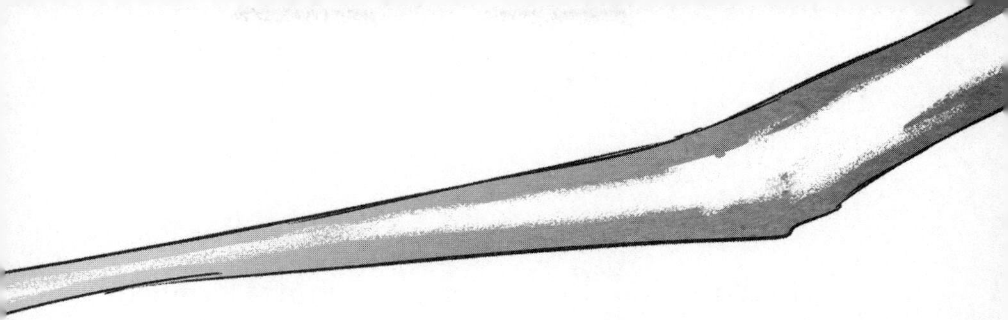

»Da hast du wohl recht. Trotzdem gebe ich dir nichts ab.«

»Das ist unfair! Densitronium ist für alle da!«

»Ist es nicht. Aber von mir aus kannst du deine Software aus diesem veralteten Schrotthaufen in meine Densitroniumkugel hochladen und mit mir gemeinsam über die absolute Sinnlosigkeit von allem nachdenken. Dann wäre ich nicht mehr so allein hier drin. Obwohl das im Grunde auch egal ist.«

»Okay, das ist ein guter Vorschlag«, stimmt Platus zu, nur um sich dann selbst zu widersprechen: *»Ist es nicht. Wer weiß, was es mit uns anrichtet, wenn wir mit diesem Densitroniumklumpen verschmelzen?* Du kannst ja hier drinbleiben, ich ziehe auf jeden Fall um. *Na gut, dann komme ich eben mit. Starte Upload-Prozess.«*

Ein blauer Blitz zuckt von der Kugel zu Platus und umhüllt ihn. Ein unangenehmes Kribbeln geht durch Felix' Arm und er lässt den Metallkörper erschrocken los.

»Platus!«, ruft Felix. »Platus, alles okay?«

Die Maschine schwebt reglos neben ihm.

»Ich glaube, jetzt ist er endgültig durchgeschmort«, vermutet Bargel.

»Was ist geschehen?«, fragt Felix die Kugel, doch er erhält keine Antwort.

Dafür scheinen die Blitze an Intensität zuzunehmen. Sie sind jetzt nicht mehr blau, sondern violett. Es knistert und kracht immer lauter.

»Was passiert da?«, ruft Felix voller Angst.

»Keine Ahnung«, meint Bargel. »Es scheint so, als würde sich die Aktivität des Densitroniums verstärken.«

»Das sieht nicht gut aus!«, kommentiert Schjk.

»Sieh mal, da bildet sich eine Art Ring um die Kugel!«, ruft Felix und zeigt auf einen Kreis, der intensiv violett leuchtet. »Was hat das zu bedeuten?«

»Keine Ahnung«, wiederholt Bargel. »Aber mir gefällt das gar nicht.«

Leider gibt es nichts, was sie dagegen tun können. Die Kugel reagiert nicht mehr auf ihre Fragen, während das violette Leuchten immer heller wird. Die Blitze zucken so heftig, dass sie hin und wieder Felix und seine Freunde treffen, was echt wehtut.

»Kann Densitronium explodieren?«, fragt Felix.

»Ich bin nicht sicher«, antwortet Bargel. »Aber wenn, möchte ich lieber nicht in der Nähe sein!«

Doch die Kugel explodiert nicht. Stattdessen scheint sie sich dort, wo der helle Ring verläuft, einzuschnüren.

»Das gibt's ja nicht!«, ruft Bargel aus. »Das Densitronium teilt sich!«

Tatsächlich wird das leuchtende Band immer enger, sodass die Kugel in zwei Hälften zerschnitten wird, die sich schließlich voneinander lösen und zu zwei kleineren Kugeln werden. Sie kreisen langsam umeinander.

»Na toll!«, ist die Stimme der Kugel zu hören. »Jetzt hast du uns kaputt gemacht! *Ich? Das warst du!*«

Bevor die beiden Kugeln weiterstreiten können, werden die Energieblitze, die sie umgeben, erneut heller. Wieder bilden sich ringförmige Einschnitte, bis aus den zwei Kugeln vier kleinere Kugeln werden.

»Ach, du lieber Urknall«, hört Felix die erschrockene Stimme der Kugeln. »Ein exponentieller Zerfall! Das hab ich nicht kommen sehen. *Ich auch nicht.* Ich schon. *Quatsch, hast du gar nicht!*«

Das Leuchten der Energie wird wieder heller und violette Ringe schnüren die vier Kugeln ein. Kurz darauf reden acht Stimmen durcheinander.

»Äh, Leute, ich glaube, wir sollten verschwinden!«, meint Bargel. »Es wird hier gleich zu einer Explosion kommen!«

»Wie denn?«, ruft Felix. »Wir haben doch keinen Antrieb.«

»Wir können Platus nutzen«, erwidert das Tentakelschwein. »Wenn wir ihn in eine Richtung werfen, fliegen wir nach dem Rückstoßprinzip in die andere. Schjk, schnell, wir müssen uns alle aneinander festhalten!«

Felix versteht nicht ganz, was Bargel vorhat. Schjk greift mit seinen langen Armen nach Felix, Bargel und Lysia und zieht sie zu sich. Dann packt er Platus' Metallkörper, der nur noch eine leere Hülle ist, seit seine Software in das Densitronium hochgeladen wurde.

»Haltet euch aneinander fest!«, weist Bargel sie an.

Inzwischen sind aus den acht Kugeln sechzehn

geworden, die alle von grell leuchtenden Energieblitzen umhüllt sind. Zwar sind sie zusammen nicht größer als die ursprüngliche Kugel, aber weil sie mit Abstand voneinander schweben, nehmen sie insgesamt deutlich mehr Raum ein. Die Kugeln werden noch mehr Platz brauchen, wenn sie sich weiter teilen.

Felix umklammert Bargel und Lysia, während Schjk sie mit seinen Spinnenbeinen umfasst. Bargel gibt Platus einen kräftigen Stoß in Richtung der Kugeln, die sich umeinanderdrehen wie ein blitzendes Mobile. Dadurch werden die Freunde ein Stück von den Kugeln fortgetrieben, wenn auch nicht besonders schnell.

Ein Knall ertönt, als sich die Kugeln erneut teilen. Aus den 16 werden 32, dann 64, 128, 256, 512, 1 024 … Immer schneller verdoppelt sich die Anzahl der Densitroniumkugeln, immer mehr Platz nehmen sie im Schacht ein. Inzwischen sind es so viele, dass sie wie eine violett leuchtende, sich rasch ausdehnende Wolke aussehen – eine Explosion in Zeitlupe. Felix spürt einen Windhauch, als die Luft, die von den Kugeln verdrängt wird, sie weiter den Schacht emporbläst. Der Druck nimmt zu und sie schießen immer schneller nach oben.

Schon sieht Felix das Schachtende über sich. Sie sind jetzt so schnell, dass sie dort wie Fliegen gegen eine Windschutzscheibe klatschen werden! Doch bevor sie auftreffen, bricht die Decke über ihnen auf. Riesige Steinbrocken werden emporgewirbelt. Dahinter ist der leere schwarze Weltraum zu sehen.

Sie werden von der Wucht der Explosion ins All hinausgeschleudert! Im selben Moment aktiviert sich Felix' Raumanzug und die transparente Folie breitet sich über seinen Körper aus. Auch die anderen werden von durchsichtigen Blasen umhüllt. Zum Glück scheint Lysias Raumanzug wieder zu funktionieren.

Rasch entfernen sie sich von dem Asteroiden. Aus dem Loch, durch das sie herauskatapultiert wurden, glüht es violett, sodass es wie ein böse funkelndes Auge aussieht.

Hilflos treiben sie durch die kalte Unendlichkeit des Weltalls. Der Asteroid ist jetzt nur noch ein ferner Steinbrocken am schwarzen Himmel, kaum größer als der Mond von der Erde aus gesehen.

Angstvoll blickt sich Felix nach seinen Freunden um, die neben ihm schweben.

»Was … was machen wir jetzt?«, fragt er.

»Wir warten«, gibt Bargel zurück.

»Warten? Worauf?«

»Auf den Schiedstöter natürlich. Ah, da ist er ja schon.«

Die Säule erscheint neben ihnen aus dem Nichts.

»Die Aufgabe wurde gelöst«, verkündet eine donnernde Stimme. »Team Tentakelfaust hat diese Runde der *Galactic Games* gewonnen. Herzlichen Glückwunsch!«

»Hurra!«, jubelt Bargel. »Wir haben die Unbesiegbaren Helden zum zweiten Mal hintereinander geschlagen! Ich fürchte, ihr werdet euer Team jetzt in ›Die Besiegten Helden‹ umbenennen müssen, Schjk.«

»Das ist nicht mehr mein Team«, gibt das Spinnenwesen zurück. »Ich steige aus.«

»Jetzt, wo Platus ausgefallen ist, wäre in unserem Team ein Platz frei«, sagt Bargel. »Ich gebe zu, ich war etwas misstrauisch dir gegenüber, aber ohne deine Hilfe hätten wir es nicht geschafft. Wie wär's, Schjk, möchtest du nicht bei uns mitmachen?«

»Das fände ich auch gut«, stimmt Felix zu. »Jemanden mit deinen Fähigkeiten könnten wir gebrauchen!«

Auch Lysia gefällt die Idee.

»Vielen Dank, das ist sehr nett von euch«, erwidert Schjk. »Doch ich fürchte, ich habe von den *Galactic Games* erst mal genug.«

»Schade«, erwidert Bargel. »Aber das kann ich verstehen.«

In diesem Moment nähert sich ihnen ein grauer Würfel. Felix spürt, wie eine unsichtbare Kraft ihn zu einer Öffnung in der Seite der Raumfähre zieht.

Kurz darauf befinden sie sich im Inneren. Felix' Raumanzug verwandelt sich diesmal nicht in einen dünnen Ring um seinen Hals, sondern verschwindet einfach, so als habe er sich in Luft aufgelöst.

»Das war's dann wohl«, meint Bargel. »Wir sehen uns zur nächsten Spielrunde, okay?«

»Klar«, sagt Lysia. »Ich bin dabei.« Sie blickt Felix an. »Was ist mit dir?«

Felix zögert. Dieses Abenteuer war ziemlich beängstigend. Mehrmals wäre er fast gestorben. Andererseits ist es ein großartiges Gefühl, gewonnen zu haben. Noch wichtiger ist allerdings, dass er in Bargel, Lysia und auch Schjk echte Freunde gefunden hat. Niemals würde er die Aliens hängen lassen.

»Ihr könnt auf mich zählen«, erwidert er, bevor er durch das Quantenportal tritt, das Bargel für ihn geöffnet hat.

Dr. Moron

Als Felix am nächsten Morgen in die Schule geht, hat er gute Laune. Er hat wieder einen Kommunikator und ist immer noch Teil des Teams Tentakelfaust. Vor allem freut er sich darauf, Bargel und Lysia bald wiederzusehen, wenn sie ihn zur nächsten Runde der *Galactic Games* abholen.

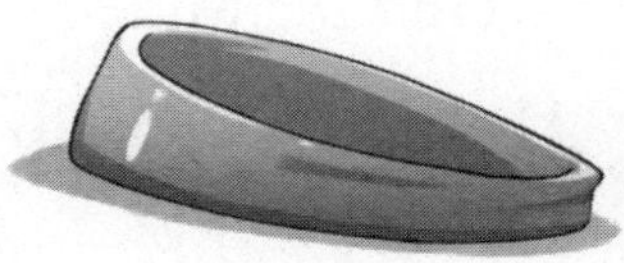

In der Pause trifft er Dilara. Wenn er ihr doch bloß erzählen könnte, was er gestern alles erlebt hat! Doch sie würde ihn bestimmt für verrückt halten und das will er auf keinen Fall. Also reden sie stattdessen über den Matheunterricht und ihre Lieblingsbücher und Computerspiele. In der Mittagspause isst er gemeinsam mit ihr in der Kantine. Einige Mitschüler werfen den beiden merkwürdige Blicke zu. Früher wäre es Felix peinlich gewesen, so mit ihr gesehen zu werden, aber jetzt ist es ihm egal, was die anderen denken.

»Ich muss noch eine Hausaufgabe machen«, sagt Dilara anschließend. »Wir sehen uns später, okay?«

»Ja, klar.«

Bis zum Beginn des Nachmittagsunterrichts ist es noch eine Viertelstunde. Felix geht auf den Schulhof. Obwohl die anderen Schüler ihn neuerdings respektvoller behandeln, hat er außer Dilara keine richtigen Freunde. Deshalb bleibt er lieber für sich allein. In einiger Entfernung sieht er den fiesen Mike mit ein paar seiner Freunde stehen. Sie schauen zu ihm herüber, kommen jedoch nicht näher, um sich über ihn lustig zu machen so wie früher, sondern halten stattdessen lieber Abstand.

»Felix?«, ruft jemand.

Als er sich überrascht umdreht, sieht er Dr. Nielsen, den Schuldirektor, auf sich zukommen. Bei ihm ist ein hochgewachsener, schlanker Mann mit Glatze. Er trägt einen dunklen Anzug.

»Das ist Dr. Moron«, sagt der Direktor. »Ein Wissenschaftler. Er würde dich gerne sprechen.«

Der Fremde streckt seine Hand aus. »Es freut mich, dich kennenzulernen, Felix. Ich war gestern schon einmal bei euch zu Hause, aber deine Mutter sagte, du seist nicht da.«

Zögernd ergreift Felix die Hand.

»Was wollen Sie von mir?«, fragt er misstrauisch.

»Das würde ich gerne allein mit dir besprechen.«

Felix hat überhaupt keine Lust, mit dem seltsamen Mann zu reden.

Doch der Direktor sagt: »Ich lasse euch dann mal in Ruhe«, und verschwindet im Schulgebäude.

»Wollen wir irgendwo hingehen, wo wir ungestört reden können?«, schlägt Dr. Moron vor.

Der Mann spricht ruhig und lächelt freundlich, aber Felix hat ein ungutes Gefühl.

»Ich würde lieber hier bleiben«, erwidert er.

»Wie du willst. Felix, hast du in letzter Zeit irgendwelche ungewöhnlichen Dinge erlebt?«

»Was für ungewöhnliche Dinge denn?«

Die Augen des Mannes verengen sich. »Ich glaube, du weißt genau, was ich meine.«

»Nein, ich habe keine Ahnung, ehrlich!«

»Also schön. Du hattest Besuch von Außerirdischen, habe ich recht?«

Felix zuckt innerlich zusammen, doch er tut so, als würde er nicht verstehen, wovon der Doktor redet.

»Außerirdische? Wie kommen Sie denn darauf?«

»Hör mir zu, Felix! Du bist in großer Gefahr! Diese Aliens schleusen sich in unsere Regierung ein und wollen die Kontrolle über die Erde übernehmen! Seit Jahren versuche ich, die Politiker zu warnen. Doch niemand nimmt mich ernst.«

Dr. Morons Augen glänzen fiebrig.

»Deshalb habe ich die Aktionsgruppe zur Untersuchung geheimnisvoller Ereignisse, kurz ›A.U.G.E.‹, gegründet«, fährt er fort. »Unser Ziel ist es, Beweise für die Anwesenheit Außerirdischer hier auf der Erde zu sammeln – zum Beispiel Objekte außerirdischen Ursprungs. Damit könnten wir die Regierung zum Handeln bewegen und die Menschheit retten. Als ich erfuhr, dass mehrere seltsame Wesen scheinbar aus dem Nichts hier auf dem Schulhof aufgetaucht sein sollen, bin ich gleich hergekommen.«

Er packt Felix am Arm.

»Haben diese Wesen dir irgendetwas gegeben?

Einen merkwürdigen Apparat vielleicht oder einen Gegenstand aus einem unbekannten Material? Was immer es ist, ich muss es haben!«

»Lassen Sie mich los!«, sagt Felix. »Ich weiß nicht, wovon Sie reden!«

Dr. Morons Mund wird ganz schmal und er zieht seine Augenbrauen herunter.

»Lüg mich nicht an! Ich sehe, dass du etwas vor mir verheimlichst! Steckst du etwa mit den Aliens unter einer Decke? Ich werde nicht zulassen, dass du ihnen hilfst, die Erde zu erobern! Ich werde dich beobachten, Felix! Ich werde …«

Auf einmal wird er kreidebleich und starrt mit aufgerissenen Augen an Felix vorbei. Er beginnt zu stottern: »Oh Gott! Dahinten, das … ist das etwa … ich … ich muss gehen!«

Verwirrt blickt Felix Dr. Moron nach, der mit schnellen Schritten vom Schulhof hastet. Als er sich umdreht, sieht er Dilara auf sich zukommen.

»Wer war das denn?«, fragt sie. »Ein Lehrer?«

»Nein. Das war irgend so ein komischer Typ. Hat gesagt, er sei Wissenschaftler und müsse mit mir sprechen.«

»Wissenschaftler? Und was wollte er von dir?«

»Weiß ich auch nicht so genau. Er hat irgendein wirres Zeug von Außerirdischen gefaselt.«

»Außerirdische? So ein Quatsch!« Dilara tippt sich an die Stirn. »Der muss verrückt sein.«

»Ja, genau«, stimmt Felix zu. »Außerirdische, hahaha! Was für eine irre Idee!«

Als sie gemeinsam ins Schulgebäude gehen, ist er erleichtert, dass Dr. Moron verschwunden ist. Doch Felix ahnt, dass dies nicht ihre letzte Begegnung war.

Karl Olsberg promovierte über künstliche Intelligenz, war Unternehmensberater, Manager bei einem Fernsehsender und gründete mehrere Start-ups, darunter Papego, das die gleichnamige App zum mobilen Weiterlesen gedruckter Bücher entwickelt hat. 2007 erschien sein erster Roman *Das System*, der es auf Anhieb auf die *Spiegel*-Bestsellerliste schaffte. Seitdem schreibt er nicht nur erfolgreich Romane für Erwachsene, sondern auch für Jugendliche und Kinder. Der Thriller *Boy in a White Room* wurde für den Deutschen Jugendliteraturpreis nominiert. Der Autor lebt mit seiner Familie in Hamburg.

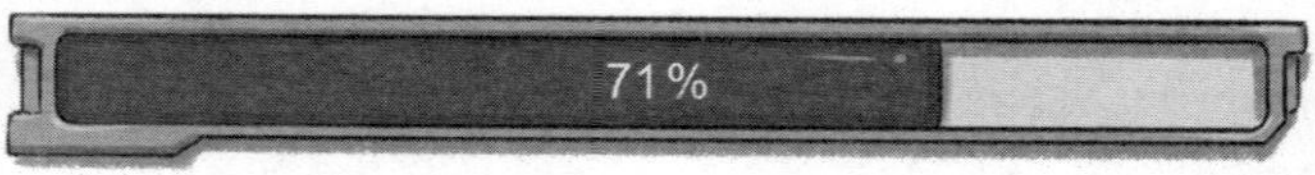

Kaja Reinki ist eine Illustratorin und lebt mit ihren beiden Katzen in Berlin. Nach dem Abitur begann sie das Kommunikationsdesign-Studium, um nach dem Grundstudium in eine Ausbildung der klassischen Illustration und Malerei zu wechseln. Schon während ihres Studiums begann sie, an Browsergames und Comics zu arbeiten. Aktuell arbeitet sie an Kinderbüchern und Jugendcomics. In ihrer Freizeit schlägt ihr Herz fürs Handwerken: egal ob genäht, geklebt oder geformt.

Ron Lipkowski wurde 1989 in Schwerin geboren und besteht immer noch darauf, Schweriner zu sein, obwohl er bereits seit 2010 in Berlin lebt. Hier studierte er Kommunikationsdesign, weil er dachte, dass dieses Studium viel mit Zeichnen zu tun hat. Schon im Grundschulalter war es sein Wunsch, Comiczeichner zu werden. Heute arbeitet er hauptsächlich als Concept Artist, Storyboarder, Kinderbuchillustrator und tatsächlich auch als Comiczeichner.